NADJA SUTER

Nach Dir ist vor Dir

novum pro

www.novumverlag.com

Bibliografische Information
der Deutschen Nationalbibliothek:

Die Deutsche Nationalbibliothek
verzeichnet diese Publikation in
der Deutschen Nationalbibliografie.
Detaillierte bibliografische Daten
sind im Internet über
http://www.d-nb.de abrufbar.

© 2022 novum Verlag

ISBN 978-3-99131-160-7
Lektorat: Alexandra Eryiğit-Klos
Umschlagfoto: Nadja Suter
Umschlaggestaltung, Layout & Satz:
novum Verlag

Gedruckt in der Europäischen Union
auf umweltfreundlichem, chlor- und
säurefrei gebleichtem Papier.

www.novumverlag.com

An alle Frauen auf dieser Welt,
denen eine solch grauenvolle
Tat widerfahren ist.

Inhaltsverzeichnis

Teil 1

Er zieht mich aus

Kapitel 1

*D*ie Eingangstür meiner Zweizimmerwohnung fällt beinahe lautlos ins Schloss, ich spüre, wie er mich rücksichtslos am Oberarm packt und ungeduldig den Gang entlang in die Richtung meines Schlafzimmers zieht. Seine riesigen und groben Hände hinterlassen auf meinen Armen eine Gänsehaut. Ein unangenehmes Kribbeln durchzuckt meinen Körper. Ich schreie unwillkürlich darauf los. Noch schlage ich um mich, in der Hoffnung, ihn von der geplanten Tat abhalten zu können, doch ich weiß, dass in wenigen Minuten der Zeitpunkt kommen wird, in dem ich mich nicht mehr zu wehren versuchen werde.

Meine angespannten, zu einer Faust geformten Hände, meine Ellenbogen sowie meine Knie und Füße treffen seinen stark gebauten Körper immer wieder an verschiedenen Stellen, doch ihn scheint dies nicht zu stören. Vielmehr genießt er das Gefühl der leichten Schmerzen, die ihm widerfahren, und den Anblick der leidenden, verzweifelten Frau vor sich. Ich erkenne aus dem Augenwinkel, wie seine spitze Zunge immer wieder seine dünnen Lippen benetzt und seine weißen Zähne sich so tief darin vergraben, dass mir beim bloßen Anblick übel wird. In seinen dunkelbraun glänzenden Augen, unter denen tiefe Augenringe zu sehen sind, erkenne ich pures Vergnügen. Er stellt es sich bereits mit jedem noch so kleinen Detail vor, da bin ich mir ganz sicher. Er kann sich nicht mehr stoppen. Ich habe keine Chance.

Ehe er mich in mein Schlafzimmer schubst, zieht er sich rasch sein schwarzes T-Shirt über den Kopf mit den perfekt gestylten, schwarzen Haaren und dem grässlichen, viel zu langen Bart. Drückt mich dann auf die Matratze auf meinem Bett und lehnt sich, mit den Knien und Händen auf dem Polster abgestützt, über mich. Ich lasse meinen Blick über seinen nackten Oberkörper und die verschiedenen großen und kleinen Narben schweifen, finde jedoch wie jedes Mal absolut keinen Gefallen daran. Will ihn auf die Seite drücken, aus dem Zimmer laufen, ihm gar jegliche Möglichkeit nehmen, mich berühren zu können. Doch er ignoriert meine wälzenden Bewegungen, bekommt mit seiner linken Hand bereits meine beiden Handgelenke zu fassen und drückt diese über meinem Kopf in den weichen Stoff meines großen Kissens. Obwohl ich pausenlos klägliche, schmerzerfüllte Laute von mir gebe und ihn mit meinen Knien und Füßen noch immer von mir wegzustoßen versuche, macht er sich bereits mit hektischen Bewegungen an meinem Oberteil zu schaffen.

„Warum habe ich heute nicht einen meiner dicksten Pullover angezogen?", denke ich mir. *„Da hätte er wenigstens länger gebraucht, um ihn mir vom Leib zu reißen …"*

Jetzt ist es zu spät. Die sechs Knöpfe meiner schwarz-weiß gepunkteten Lieblingsbluse, die mein Vater immer so sehr mochte, hat er bereits aufgerissen, den dünnen Stoff mit geübten Handgriffen zuerst über meine rechte Schulter und den rechten Arm, dann über die linke Schulter und den linken Arm gestreift und meine Arme zuletzt durch seinen harten Griff um meine Handgelenke wieder unter Kontrolle gebracht. Auch meine Beine drückt er nun mit seinem rechten Schienbein auf die Matratze und nimmt mir so die letzte Möglichkeit, mich irgendwie zu wehren.

Nun fasst er mit seiner rechten Hand mit geübtem Griff unter meinen Rücken und umschließt mit Daumen und Zeigefinger den Verschluss meines einfachen, schwarzen Büstenhalters. Begleitet von einem schelmischen Grinsen lässt er diesen daraufhin von meinem Oberkörper springen. Dann nur noch die Träger von meinen Schultern und über meine Arme streifen und das für ihn nutzlose Kleidungsstück in eine der vier Ecken meines Zimmers werfen und schon kann er mit seinen vernarbten, von Schmutz geprägten Händen über meine Brüste und Nippel fahren und sie so stark drücken, dass der Schmerz durch meinen gesamten Körper fährt.

Scham, Angst und Wut mischen sich gleichzeitig in meine Gefühle und meine Gedanken, er nimmt mir schon wieder meinen Körper. Ergreift Besitz von ihm. Missbraucht ihn. Langsam komme ich dem Punkt näher, an dem ich mich nicht mehr wehren möchte und kann, dennoch versuche ich stark zu bleiben, nicht nachzugeben, mich ihm nicht vollends auszuliefern. Drehe meinen nackten Oberkörper in alle möglichen Richtungen, möchte mich seinen Griffen und Berührungen nicht hingeben, doch mir geht mehr und mehr die Kraft aus. In dem Moment, in dem ich dies realisiere, dreht er sich um 180 Grad, setzt sich auf meinen von seinem schweren Körper bereits schmerzenden Bauch und drückt meine Arme durch seine beiden Beine gekonnt neben meinem zitternden Körper in die Matratze unter mir. Bekommt dann den Bund meiner lockeren Jogginghose zu fassen, in der ich mir eigentlich, trotz des immer schöner werdenden Sommerwetters, einen gemütlichen Sonntagnachmittag vor dem Fernseher machen wollte. Ohne zu zögern, zieht er mir die Hosen inklusive des dunkelblauen Slips langsam über meine Hüfte, über meine Knie und zuletzt über meine Füße, indem er sich immer weiter nach vorn beugt. Klar mache ich es ihm nicht einfach, zapple wie wild mit meinen Beinen, bewege meinen Oberkörper ruckartig immer wieder in eine andere Richtung und versuche die Arme mit aller Kraft unter seinen Beinen hervorzuziehen, doch er ist zu stark. Ich kann und will ihn nicht mehr aufhalten. Der Kampf ist verloren.

Der Moment ist gekommen – ich gebe mich ihm hin. So kann ich den Schmerz, während er die Vergewaltigung in vollen Zügen genießt, immerhin möglichst klein halten. Mittlerweile liege ich nämlich komplett nackt unter ihm und er streift sich seine schwarzen, mit unzähligen Löchern versehenen Hosen mit einer Hand schrittweise über seine eigenen Beine. Ich weiß, dass wenn ich mich von nun an zu wehren versuche, sofort mit anderen Mitteln in Zaum gehalten werden würde, damit er freie Bahn hätte. Und dies würde mir nur noch mehr Schmerzen bereiten.

Also bin ich still, lasse die Kraft aus meinem Körper entweichen und schließe meine Augen. Lasse der Dunkelheit Einzug in meine Wahrnehmung, sodass irgendwann vielleicht die Vergessenheit nachkommt. Versuche ihm zu zeigen, dass ich ihn mit seinen eingefallenen Wangenknochen und seinem schelmischen, hässlichen Grinsen nicht mehr sehen kann. Versuche ihm zu zeigen, dass es mir nichts mehr ausmacht.

Belüge mich selbst.

Noch immer spüre ich seinen gierigen Blick auf meinem Körper. Auf meinem rotbraunen, schulterlangen Haar und auf meiner viel zu hellen Haut. Auf meinen Brüsten, meinem Bauch, meiner Vagina – meinem gesamten, nackten Körper. Nur meine silberne Kette mit dem kleinen, ganz fein eingearbeiteten „N", die ich von meiner Mutter zu meinem achtzehnten Geburtstag geschenkt bekommen habe, trage ich noch. Ich merke, wie sein Körper immer heißer wird, er beginnt innerlich zu brennen. Er kostet das prickelnde Gefühl vor dem Geschlechtsverkehr in vollen Zügen aus.

So ist es jedes Mal. Seit zwei Wochen überrollt er mich zu Hause beinahe jeden zweiten Tag, vergnügt sich an mir, vergewaltigt mich. Stiehlt mir jedes Mal aufs Neue meinen Körper. Immer dann, wenn niemand bei mir ist, aber immer dann, wenn ich es nicht erwarte.

Es geht nicht mehr lange, dann ist es so weit. Bereits mehrere Male hat er versucht, meine rechte Hand zu seinem Penis, welchen er zusammen mit seiner Jeans von seiner karierten, viel zu lockeren Unterhose befreit hat, zu führen. Aber es scheint ihm dieses Mal keinen Spaß zu machen, wenn er mir auch noch befehlen muss, die gewünschten Bewegungen auszuführen. Also legt er selber Hand an. Packt sich an sein Glied und streift die darüber liegende Haut langsam und genüsslich vor und zurück, bis ich den Lusttropfen, der sich von der einen auf die andere Sekunde von seiner Eichel löst, auf meinen Bauch tropfen spüre. Derweilen wird mir so richtig übel. Ich spüre, wie der Drang, in mein Badezimmer zu rennen und meinen Magen durch Erbrechen vom heutigen Mittagessen zu befreien, immer stärker wird. Aber ich merke einmal mehr, wie die Vergewaltigung kein Ende finden wird, bevor er nicht auf seine Kosten gekommen ist.

Und wirklich, schon greift er nach einem der Kondome, die er stets in seiner Hosentasche verstaut hat, und ich höre kurz darauf die Flüssigkeit beim Überrollen des Gummis. Weiß, dass ich keine

Chance hätte, währenddessen aus meiner Wohnung zu flüchten, da er viel schneller wäre. Er würde mich einholen, ehe ich um Hilfe rufen könnte. Ich halte meine Augen weiterhin geschlossen, zumal ich ihn auf keinen Fall glauben lassen möchte, sein Körper würde mir gefallen. Außerdem gelingt es mir nur so, die Übelkeit ein wenig zu verdrängen. Wie erwartet, ist ihm dies aber ziemlich egal und er kommt mir mit seinem Körper, welcher eine immer stärkere Hitze und ein immer gierigeres Verlangen ausstrahlt, immer näher. Verschränkt seine Finger mit meinen, stützt sich auf diesen neben meinem Kopf ab und dann ist es so weit. Ich weiß es ganz genau, obwohl ich es lieber verdrängen würde. Ich spüre es, obwohl ich in diesem Moment lieber vom Erdboden verschluckt werden würde.

Er dringt mit seinem dicken, hässlichen Schwanz in mich ein. Ohne zu fragen, ohne mich vorzuwarnen. Ein stechender Schmerz durchzuckt meinen ganzen Körper, doch ich schaffe es, einen erschrockenen Aufschrei zu unterdrücken. Stattdessen presse ich meine zitternden Lippen verzweifelt aufeinander. Verziehe mein Gesicht zu einer grässlichen Grimasse, doch von ihm kriege ich nur ein weiteres, schweres Atmen zu hören. Wenn ich meine Augen für einen Bruchteil einer Sekunde öffne, sehe ich, wie er seine Augen entweder geschlossen hat oder mit einem vor Lust und Begehren triefenden Blick an meinen Brüsten hängen bleibt – wie immer. Tränen treten mir in die Augen, doch ich versuche, sie nicht zu offenbaren.

Alsbald beginnt er, sein Gesäß in ruckartigen Bewegungen vor und zurück zu schieben. Dringt immer wieder aufs Neue in mich ein, fügt mir bei jedem Mal unsagbare Schmerzen zu, weil ich mich natürlich in keiner Weise darauf einlassen kann. Wie auch? Immer wieder stößt er mit seinem harten Penis gegen meine Gebärmutter und fasst mir an die Brüste, deren Nippel ich schon gar nicht mehr spüre, weil sie so sehr brennen. Er treibt es so weit, bis er schwer atmend und mit zitterndem Körper zu seinem Höhepunkt kommt. Und genau in diesem Moment drehe ich mein Gesicht von ihm weg und eine einzige Träne rinnt aus meinem rechten Augenwinkel. Er hat mich ein weiteres Mal gebrochen. Ein weiterer Teil meines Ichs ist soeben kaputtgegangen. In Tausende von klitzekleinen Stückchen zersprungen.

Nach dem kräftezerrenden Akt geht wie erwartet alles ganz schnell. Er rollt sich und seinen schweren, verschwitzten Körper von mir, streift sich das glitschige Kondom von seinem Penis und steht auf, bevor er sich seine Kleider schnappt und sich diese in Sekundenschnelle überzieht. Ohne mich eines weiteren Blickes zu würdigen, ohne auch nur ein einziges Wort zu sagen. Ohne irgendwelchen Lärm zu veranstalten. Kein Geräusch. Keine Worte. Er verhält sich mucksmäuschenstill. Seine Stimme ist mir noch nie zu Ohren gekommen.

Dann geht er aus meinem Schlafzimmer, wirft das Kondom in den nächsten Abfalleimer und lässt meine Wohnungstür erneut hinter sich ins Schloss fallen.

Meinen Körper schleppe ich daraufhin mit letzter Kraft in mein Badezimmer. Setze mich da in meine kleine, rechteckige Dusche mit der raumhohen Glaswand und lasse das eiskalte Wasser auf meine nackte, schmutzige Haut prasseln. Winkle meine beiden schwachen Beine an, lege meine Arme darum und lege mein Kinn darauf. Schließe die Augen und spüre, wie in mir alles zusammenfällt. Wie einzelne, kleine Dominosteine. Das Wasser kühlt mich ruckartig ab, hinterlässt eisige Gänsehaut auf meinem Rücken. Die Haare hängen mir klitschnass über die Schultern. Ich weiß, dass ich etwas dagegen unternehmen und mich irgendwie gegen diese mich von innen auffressenden Gefühle wehren müsste. Aber genau diese Gefühle und die unzähligen, harten Landungen der Wassertropfen auf meiner Haut sind das Einzige, was mir noch irgendwie guttut. Das Einzige, was mir irgendwie das Gefühl gibt, noch einen Körper zu haben. Noch hier zu sein.

Noch zu existieren.

Oh, wie ich diesen Brandon Johnson für seine grässlichen Taten hasse.

Kapitel 2

„Das macht dann siebzehn Dollar, wenn Sie so gut wären, Miss Kicket. Soll ich Ihnen noch eine Tasche geben?"
„Nein, Liebes, das geht schon. Hier dein Geld, du darfst den Rest behalten!"

„Vielen Dank! Ich wünsche Ihnen einen wundervollen Start in die neue Woche und natürlich viel Spaß beim Lesen. Bis bald!"

Ich sehe, wie mir Miss Kicket, die gutmütige, bereits etwas ältere Frau vom Haus nebenan, kurz aufmunternd zuzwinkert, sich mit einem kurzen Winken von mir verabschiedet und dann mit kleinen, vorsichtigen Schritten meine Bibliothek, die *Library of Love,* verlässt. Sie kommt jede Woche zu mir. Immer am Montag, meist abends. Leiht sich ein Buch von Agatha Christie, Ernest Hemingway oder Raymond Chandler aus, liest dies bis Ende der Woche und bringt es dann zurück, bevor sie sich ein neues ausleiht und sich dies in der folgenden Woche zu Gemüte führt.

Aber sie ist keine normale Kundin. Nachdem meine Eltern vor knapp zwei Jahren im Dezember bei einem Flugzeugabsturz gestorben sind und mich damit kurz vor meinem neunzehnten Geburtstag für immer verlassen haben, ist sie quasi meine zweite Mutter geworden. Brachte mich wieder auf den richtigen Weg, als ich nicht mehr wusste, wo es langging. Hat mich in den Arm genommen, als ich vor Trauer einfach nur stundenlang unerbittlich geweint habe. Mir Abendessen gekocht, wenn ich mich nicht dazu aufraffen konnte, in der Küche zu stehen und meinem Körper etwas Gutes zu tun. Und mich bei jedem einzelnen Schritt unterstützt, als ich die Bibliothek meiner Eltern übernommen habe. Sie gab zweihundert Prozent, als ich jegliches Prozent verloren hatte. Als mir die Lebenskraft fehlte und sie nie mehr wiederfinden wollte.

Außerdem ist sie die Einzige, die von Brandon und seinen Taten weiß. Ihr habe ich es vor vier Tagen erzählt, als sie mich, kurz nachdem Brandon mich einmal mehr vergewaltigt und danach mein Zuhause ohne Worte verlassen hat, bei mir in der Wohnung gefunden hat. Ich saß gerade in meiner Dusche, spürte das eiskalte Wasser auf meinem vor Schmerz zitternden Körper und ließ meinen Tränen freien Lauf. Hätte, wenn sie nicht gekommen wäre, wohl noch lange in dieser Position verharrt. Doch sie schaffte es irgendwie, mir aus der Dusche zu helfen, mir Kleider überzuziehen und mich auf mein Sofa zu setzen. Und da erzählte ich ihr alles mit jedem noch so kleinen Detail und beantwortete ihr jede Frage, die sie völlig hemmungslos stellte. Doch ihre schlussendliche Reaktion verlief ganz anders, als ich es mir vorgestellt hatte. Denn alles, was sie sagte, war: „Gib dem Jungen Zeit!" Dann beendete sie das Gespräch, verabschiedete sich von mir und verließ meine Wohnung. Hinterließ bei mir unzählige Fragezeichen.

Völlig in Gedanken versunken, schaue ich Miss Kicket hinterher. Denke an Brandon, an den gestrigen Tag, an die letzten Wochen. Denke daran, was ich tun sollte, doch ich finde keine Lösung. Was hat Miss Kicket mit diesem einen Satz gemeint? Ich habe Sie noch nicht danach gefragt. Ich traue mich nicht.

„Huhuuu, Nora?", höre ich auf einmal eine mir bekannte Stimme meinen Namen rufen.

Schnell befehle ich meinen Armen kurz durch meine etwas zerzausten, rotbraunen Haare zu streichen, die Ärmel meines dunkelgrauen Pullovers bis über meine Daumen zu ziehen, damit man die blauen Flecken an meinen Handgelenken ganz sicher nicht sehen kann, und den Lippenstift, der mir heute Morgen – obwohl ich mich sonst eigentlich nie schminke – das Gefühl von Sicherheit verliehen hat, auf meinen Lippen zu verteilen. Wappne mich innerlich für die Konversation mit einer meiner zwei besten Freundinnen, Olivia Collard, die vor wenigen Sekunden in die Bibliothek gekommen sein muss und nun vor mir steht. Sie und Ella Taylor, die dritte in unserem kleinen Freundeskreis, wissen nichts von alldem.

„Hey, wie geht's? Schon Feierabend?", frage ich mit möglichst neutraler Stimme.

„Yep, hatte die Schnauze voll von meiner Lerngruppe. Zum Glück sind bald Semesterferien", erwidert sie, während sie ungeduldig versucht, ihre kastanienbraunen, ziemlich wild gelockten Haare unter Kontrolle zu bringen. Diese scheint der leichte Sommerwind, der draußen durch die ruhigen Straßen und Gässchen von Melbane zieht, durcheinandergebracht zu haben. Denn obwohl es erst Mitte November ist, lässt der Sommer in unserem kleinen, von kilometerlangen Feldern und Wäldern umrahmten Dörfchen im Süden Australiens nicht mehr lange auf sich warten.

Sofort muss ich lächeln, auch wenn mir überhaupt nicht danach ist. Olivia ist wohl die einzige Person, die ich kenne, die seit Beginn ihres Studiums keine Lust darauf hat, es aber trotzdem nicht abbricht. Sie studiert irgendetwas in Richtung Marketing and Business Development. Aber nicht etwa, weil sie es möchte, sondern einfach, weil sie ihre größere Schwester, Sara, um ihr abgeschlossenes Jurastudium beneidet.

„Wollen wir uns ins *Toby's* setzen und einen Kaffee trinken?", fragt sie mich nun. „Ella wollte auch kommen", fügt sie noch hinzu. Puh, sie scheint mein etwas spöttisches Lächeln nicht gesehen zu haben. Zum Glück, denn so wird sie vielleicht auch nicht merken, dass es mir heute einmal mehr nicht besonders gut geht. Schnell erwidere ich möglichst neutral: „Können wir machen, gib mir zwei Minuten."

Ohne zu zögern, gehe ich kurz durch die Gänge der Bibliothek und kontrolliere, ob noch jemand hier ist, aber Miss Kicket ist sowieso meist die Letzte. Also ziehe ich mir schnell meine dünne Hardshelljacke, die ich bei diesem noch leicht frischen Übergangswetter so gerne trage, über und schnappe mir kurzerhand meinen dunkelgrauen Rucksack vom Tisch in meinem kleinen Büro. Drehe danach das an der Hinterseite der Eingangstür hängende Schild auf *Closed*, bevor ich mit der leise vor sich hin summenden Olivia die Bibliothek verlasse, die Tür hinter uns abschließe und wir uns auf den Weg in unser Lieblingscafé um die Ecke machen.

Wir haben uns schon immer sehr oft zu dritt dort getroffen, weil wir alle den Besitzer des Cafés, Toby Smith, sehr gut kennen und er einfach den weltbesten Kaffee macht. Doch auch das unbeschwerte Trinken eines Kaffees nach dem Feierabend fällt mir seit der ersten Vergewaltigung nicht mehr leicht. Durch Brandon hat sich alles verändert. *Er* hat mir nicht nur meinen Körper, sondern auch meine offene und direkte Verhaltensweise gestohlen. Scheint mir diese so schnell nicht wieder zurückgeben zu wollen, denn wie es aussieht, werden die Vergewaltigungen nicht weniger, was ich zu Beginn noch geglaubt hatte. Zu Beginn, als Brandon als unschuldiger Mann in unser Dorf kam. Er wäre arbeitslos und seine Eltern wollten nichts mehr von ihm wissen, hörte man. Sie hätten ihn aus dem Haus geschmissen und könnten ihn nicht mehr länger als Sohn akzeptieren. Dies tat mir leid. Weil gerade *ich* wusste, wie schwer es ohne Eltern sein konnte. Doch kurz darauf fand er beinahe täglich den Weg in meine Wohnung und ich begann ihn zu verabscheuen. Er fand den Weg in meine Wohnung, in mein Bett und in meinen Körper. Völlig aus dem Nichts. Woher er mich überhaupt kennt oder wieso er genau zu mir kommt, ist mir noch immer ein Rätsel. Wie er sich immer wieder ungesehen Zutritt in meine vier Wände verschaffen kann – auch wenn die Türe abgeschlossen ist – ist mir nicht klar.

Als Ella mit ihren kurzen, weißen Maler-Klamotten von der Arbeit mit einem breiten Lächeln ins Café kommt, die blonden Haare ordentlich zu einem strammen, hohen Dutt geformt, sitzen Olivia und ich mit unseren Lieblingsgetränken bereits in unserer gewohnten Ecke und diskutieren über ihre ach so lästigen Professoren. Liebevoll umarmt uns Ella kurz, bevor sie Toby lauthals zuruft, was sie trinken möchte. Zum Glück ist er dies mittlerweile gewohnt, denn Ella kann gar nicht anders, als überall mit voller Energie durchzustarten. Für viele Menschen ist dies ganz schön anstrengend, aber ich finde es toll, wie sie mich und Olivia regelrecht damit ansteckt und uns zeigt, wie schön das Leben doch sein kann. Denn dies vergessen wir alle viel zu oft.

Aber wie soll ich *mein* Leben lieben? Ein Leben, das von einem Tag auf den anderen von einem fremden Mann über den Haufen geworfen wurde. Das kann ja gar nicht funktionieren.

„Wie geht es euch? Hattet ihr ein tolles Wochenende?", fragt Ella dann auch schon total euphorisch und richtet kurz ihr weißes T-Shirt, sodass ihre sportliche Figur noch mehr zum Ausdruck kommt.

„Oh ja, ich habe draußen auf der Terrasse zwei Bücher gelesen und am Sonntag kam Mom vorbei und hat mit Sara und mir gekocht und gebacken. Besser hätte es also nicht sein können! Bei dir?"

Ella setzt sofort einen neidischen Blick auf und rollt mit den Augen, während sie ihre perfekt gezupften Augenbrauen hochzieht. „Ach, das hätte mir auch gepasst … Ich habe mein Wochenende allerdings auf der Arbeit verbracht. Man merkt, dass der Sommer bald ins Land zieht – die Leute wollen alles wieder neu gestrichen haben."

„Och, mein Beileid. Und du, Nora? Konntest du dir deinen geplanten Filmnachmittag gönnen?", gibt Olivia lächelnd von sich.

Ich erstarre. Traue mich nicht, auf die Frage zu reagieren. Weiß sowieso nicht, was ich sagen soll. Ihnen von den Vergewaltigungen zu erzählen, kommt nicht infrage. Also beginne ich wie immer zu improvisieren und gebe möglichst gleichgültig und mit einem etwas schiefen Lächeln von mir: „Ja, hat geklappt, danke der Nachfrage. Es war wunderschön!"

Ich merke allerdings, wie mir die beiden meine Antwort nicht so richtig abkaufen und ich mir selbst nicht einmal richtig glaube. Füge daher, um von der eigentlichen Sache abzulenken, noch folgenden Satz hinzu: „Entschuldigt, ich habe momentan echt ein wenig zu kämpfen. Wo es doch auf den zweiten Todestag meiner Eltern zugeht …" Ich weiß, wie sehr sich die beiden manchmal Sorgen um mich machen, besonders seit dem Tod meiner Eltern. Seither kennen sie mich noch besser und spüren noch schneller, wenn es mir nicht gut geht. Wenn sich meine sonst so gute Laune verabschiedet und sich die kühle Abwesenheit bemerkbar macht. Wenn ich meine Eltern einmal mehr von ganzem Herzen vermisse. Dies nutze ich manchmal einfach aus, um von einer anderen Sache, die mich ebenfalls zutiefst beschäftigt, abzulenken.

„Kein Problem, das verstehen wir, das weißt du doch", höre ich von Ella und beruhige mich sofort ein wenig. Nicke fast unmerklich. Kriege es wirklich hin, dass die Sehnsucht nach meinen Eltern die Oberhand gewinnt und ich Brandon für einen Moment vergesse.

„Wollen wir eigentlich auch diesen Dezember wieder etwas zusammen unternehmen?", frage ich meiner Meinung nach viel zu optimistisch in die Runde. „Ihr wisst schon, quasi zu Ehren meiner Eltern … Es würde mich sehr freuen."

Im letzten Dezember überraschten mich meine beiden Freundinnen nämlich mit einer Woche Urlaub am See, mit dem ich unglaublich viele Erinnerungen an meine Eltern verbinde. Mit ihnen erlebte ich da ein Abenteuer nach dem anderen. Baute mit ihnen Steintürme, machte Wasserschlachten, sah verschiedenste wild lebende Tiere und schlief zum ersten Mal in einem Zelt. Manchmal durfte ich sogar meine Freundinnen mitnehmen, was mich immer noch mehr freute. Also dachten sich Olivia und Ella im letzten Jahr, wir könnten dies doch wiederholen, um mir einen Anlass zu bieten, die natürlich noch immer bestehende Verbindung zwischen mir und meinen Eltern an diesem einen Tag besonders stark zu spüren. An jenem 5. Dezember. Dem Tag, an dem sich mein ganzes Leben verändert hat.

„Ich bin dabei!", höre ich sofort die begeisterte Stimme von Ella und sehe, wie ihr Olivia mit einem sehr überzeugten Nicken zustimmt. „Dürfen wir dich auch dieses Jahr wieder überraschen?", fragt sie anschließend und ich bejahe ihre Frage sofort. Spüre, wie in mir das Gefühl von Vorfreude immer größer und stärker wird und alles zu kribbeln beginnt, doch ich zwinge mich, ruhig zu bleiben. Die Gedanken an Brandon holen mich ein. Was ist, wenn er mich während des nächsten Urlaubs überrascht? Mich während dieser wertvollen Zeit vergewaltigt? Es meine beiden Freundinnen erfahren und ich ihnen alles erklären muss? Erklären, dass ich sie tage- beziehungsweise wochenlang belogen habe, mich meines Körpers habe berauben lassen und nun nicht mehr alleine aus diesem tiefen Loch der Scham und Angst finde, sie aber trotzdem nicht um Hilfe bitte?

Ohne lange zu zögern, stehe ich auf, trinke den letzten Schluck meines Milchkaffees und verabschiede mich von den beiden. Sage ihnen, ich wolle heute lieber früh ins Bett gehen, damit ich morgen wieder fit für meine Kunden sei. Sie schauen mich zum Abschied mit einem mitleidigen, aber doch irgendwie aufmunternden Blick an und wünschen mir eine gute Nacht. Ich bedanke mich und winke ihnen und auch Toby, der lachend hinter dem Tresen steht, kurz zu, bevor ich aus dem Café gehe und mich auf den Weg mache zu meiner kleinen Wohnung, die sich etwa fünf Minuten vom *Toby's* entfernt im zweiten Stock eines riesigen Mehrfamilienhauses in einem etwas ruhigeren Viertel befindet. Unterwegs nehme ich das ruhige, abendliche Stimmengewirr um mich herum und das laute, ausgelassene Lachen vereinzelter, mir eigentlich bekannter Personen kaum wahr. Ignoriere das wundervolle, letzte Zwitschern der Vögel, die sich bei den immer wärmer werdenden Temperaturen immer wohler fühlen, und das Klirren der Weingläser in den kleinen Restaurants entlang der Straße. Halte meinen Blick stets auf den Boden gerichtet, da ich ohnehin Angst habe, ich könnte meinem Vergewaltiger versehentlich über den Weg laufen oder ihn irgendwo in einer einsamen Ecke auf mich warten sehen. Mache keinen Halt, bis ich vor meinem Briefkasten stehe. Obwohl eigentlich nie etwas drin ist, weil ich grundsätzlich jegliche Post an die Adresse der Bibliothek geliefert bekomme, werfe ich kurz einen Kontrollblick hinein.

Sofort sticht mir etwas ins Auge. Eine rotes Kärtchen, etwa so groß wie eine Visitenkarte. Darauf prangen zwei mit schwarzer Schrift schwungvoll gezeichnete Herzen, die sich seitlich leicht überschneiden. Was das wohl sein soll, frage ich mich sofort und greife, ohne zu überlegen, nach meinem Schlüsselbund in meiner Tasche und daran nach dem passenden Schlüssel, bevor ich die kleine Karte zusammen mit zwei dünnen Werbezeitschriften aus dem Briefkasten befreie. Drehe die Visitenkarte anschließend mit meinen Fingern so, dass ich den Text auf der Rückseite lesen kann. Im selben Schwarzton, aber mit verschiedenen Schriftarten und -größen steht da geschrieben:

„Suchst Du Deinen Seelenmenschen, dem Du alles anvertrauen kannst? Der Dich so akzeptiert, wie Du bist, und der Dich bei allem, was Du machen willst, unterstützt? Dann bist Du bei uns – der größten Dating-App Australiens – genau richtig. Rufe mit Deinem Smartphone folgende Seite auf und finde Deinen Seelenverwandten! Er/Sie freut sich auf Dich!"

Ich schüttle verwirrt den Kopf, zerknülle die Karte zwischen den Fingern meiner rechten Hand und begebe mich dann in meine vier Wände. Was soll denn ausgerechnet *ich* damit anfangen? Mich will ja sowieso keiner. Mein Körper ist schwach, wertlos und verschmutzt. Es lohnt sich nicht mehr, ihm Aufmerksamkeit oder sogar Liebe zu schenken. Geschweige denn, ihn nur eine Minute lang zu schätzen.

Ich schüttle den Kopf, befreie mich von den irreführenden Gedanken und schmeiße das Papierbündel in meiner Hand achtlos auf meinen Esstisch. Lege mich dann in mein Bett, starre an die Decke und warte, bis der nächste Tag anbricht.

In der Hoffnung, dass dann alles besser wird.

Kapitel 3

Der nächste Tag bricht an, doch nichts wird besser. Ich schlage meine Augen auf, strecke mich ausgiebig, doch den Gedanken, dass Brandon heute Abend einmal mehr in meine Wohnung stürzen und mich überrollen könnte, werde ich unmöglich los. Ich beginne zu zittern. Will nicht aufstehen. Will mich nicht aus dem Bett kämpfen, um am Abend wieder gezwungen zu werden, mich hineinzulegen. Ein Wunder, dass ich diese Nacht einigermaßen gut schlafen konnte.

„Guten Morgen! Wollen wir eine Runde joggen gehen?", schreibt mir Ella in diesem Moment, doch begeistert mich mit ihrer Idee keineswegs. Ich überlege, ob ich mich dazu zwingen soll. Streiche mir gedankenverloren über meine Hüftknochen. Spüre, wie die wunden Stellen von vorgestern langsam Farbe annehmen müssten. Und auch an den Handgelenken bekomme ich langsam, aber sicher die neuen Druckstellen zu spüren. Komme zu dem Entschluss, dass Ella dies sicher auffallen und sie Fragen stellen wird. Das kann ich nicht riskieren. Auch wenn mir die Bewegung an der frischen Luft guttun würde.

„Sorry, mir geht es noch immer nicht so gut. Können wir das auf ein anderes Mal verschieben?", schreibe ich also.

„Ja natürlich, dann geh ich alleine, keine Sache. Sehen wir uns später? Ich komm sonst mit Olivia zu dir, okay?"

„Gerne! Freu mich!"

Ja, ich freue mich wirklich. Ablenkung tut mir gut. Und dann weiß ich immerhin, dass Brandon nicht kommt. Denn er kam noch nie, als jemand bei mir war.

Plötzlich kriege ich Angst. Was ist, wenn er jetzt kommt? Zwar ist meine Wohnungstür über die Nacht immer abgeschlossen, aber dies hat ihn noch nie davon abgehalten, zu mir zu kommen. Eine verschlossene Tür hält Vergewaltiger nicht davon ab, zu ihren Opfern zu gelangen. Ich spüre, wie sich auf meinen Armen die gewohnte Gänsehaut ausbreitet und ich unkontrolliert zu zittern beginne.

„Warum nur? Das kann doch nicht sein! Ich darf mich nicht so einfach hingeben!", denke ich mir. Morgens kam er schließlich noch nie.

Ruckartig stehe ich auf, gehe in die Küche und starte, ohne nach links und rechts zu blicken, meine Kaffeemaschine. Versuche mich mit dem lauten, so unheimlich beruhigenden Geräusch abzulenken, was mir ausnahmsweise auch gelingt. Wenige Minuten später schnappe ich mir die warme Kaffeetasse mit dem anregenden, leicht bitter schmeckenden Inhalt und setze mich im Wohnzimmer auf mein rotes Sofa. Den heißen Kaffee anschließend in kleinen Schlucken zu trinken, tut gut. Denn diesen kann ich am Morgen wenigstens noch aufnehmen und mir damit ein wenig Kraft schenken. Etwas Festes zwischen den Zähnen würde ich sofort wieder von mir geben, obwohl ich mir früher, also bevor Brandon in mein Leben trat, stets ein sehr großzügiges Frühstück gegönnt habe. Ob Toasts, Spiegeleier oder auch mal ein Omelett, ganz egal, der gute Start in den Tag zählte. Heute bringe ich nicht mehr als einen Kaffee runter, auch wenn ich essen möchte. Obwohl ich weiß, wie wichtig es ist, den Körper durch eine ausgewogene Ernährung in einem gesunden Gleichgewicht zu halten. Ich kann nicht – nicht mehr.

So bin ich gute fünfzehn Minuten später bereits in der Bibliothek und drehe das Schild auf *Opened*.

„Guten Morgen, Nora!", ruft mir der erste Kunde, Bill vom Bauernhof am Dorfrand von Melbane, munter zu, als er die Bibliothek dreißig Minuten später betritt – ich konnte mich noch nicht dazu aufraffen, etwas zu tun. Ich grüße ihn ebenfalls freundlich, sehe, wie sein Blick sofort zum Ständer mit den diversen Magazinen, die ich seit geraumer Zeit zum Kauf anbiete, schweift, und frage, was ich ihm denn geben kann. Wie immer sagt er: „Den neusten *OECD Observer*, gerne." Ich hätte es mir denken können. Bill ist einer meiner Stammkunden der Bibliothek und verlangt jedes Mal das Gleiche. Mit einem etwas unnatürlichen Lächeln übergebe ich ihm das Landwirtschaftsmagazin, nehme das wenige Kleingeld, das er mir in die Hand drückt, dankend entgegen und wünsche ihm daraufhin viel Spaß beim Lesen. Er grinst zurück, bedankt sich herzlich bei mir und verlässt die Bibliothek im selben Atemzug.

Und so ging es praktisch den ganzen restlichen Tag weiter. Die neusten Magazine wurden gekauft, einige Bücher wurden ausgeliehen, andere wurden zurück in die Bibliothek gebracht und ich reihte sie alle wieder sorgsam in die vielen Regale ein. Es wurde kein besonders anstrengender Tag, aber ich hatte genügend Zeit zu überlegen, worüber ich eigentlich immer sehr froh bin, weil ich mir so eigentlich immer neue, interessante Sachen für die Bibliothek überlegen kann. Aber heute wäre ich lieber im Stress versunken. Die ganze Zeit an den Feierabend und die Zeit danach zu denken, ließ mich schier verrückt werden. Ließ mich zum Entschluss kommen, dass ich mittlerweile nicht einmal mehr weiß, wo mir der Kopf steht. Dass ich bald nicht mehr kann.

„Ich muss zu Miss Kicket. Muss ihr sagen, dass es so nicht weitergehen kann. Dass es längst überfällig ist, zur Polizei zu gehen", denke ich mir. Realisiere, dass ich zum ersten Mal an die Polizei denke. Warum ist mir dieser Gedanke nicht schon früher gekommen? Vielleicht findet das Ganze durch die Beamten ja ein Ende?

„Ich muss zu Miss Kicket!", denke ich mir erneut.

Kurzerhand lasse ich den heutigen Tag zu einem solchen werden, an dem ich es ausnutze, meine eigene Chefin zu sein und die Öffnungszeiten der Bibliothek grundsätzlich selber bestimmen zu können. Verabschiede die letzten Besucher so freundlich wie möglich, prüfe kurz, ob irgendwo in den Regalen ein zu großes Chaos angerichtet wurde, als dass man es nicht am nächsten Morgen hätte aufräumen können, und verlasse dann die Bibliothek mit schweißnassen Händen. Kann den Schlüssel im Schloss kaum umdrehen, da mir auf einmal unfassbar schwindelig ist. Ich taumele.

Was soll ich Miss Kicket gleich sagen? Wie soll ich ihr klarmachen, dass ich am Ende meiner Kräfte bin? Dass ich, wenn es so weitergeht, wieder am Anfang stehen werde? Weil der ganze Lebensmut, den ich mir nach dem Tod meiner Eltern aufgebaut hatte, wieder zunichte wäre? Wie soll ich ihr das nur beibringen? Ich drohe zu verzweifeln.

„Hallo, Liebes", begrüßt sie mich sofort, als ich vor ihrer Wohnung kurz die Klingel betätige, jedoch ohne lange zu warten, eintrete und mit bereits brüchiger Stimme „Hi, Miss Kicket" rufe. Sie kennt mich. Wusste wahrscheinlich ganz genau, dass ich sie heute noch besuchen komme, da ich am Dienstag oft zu ihr gehe. Um nach ihr zu schauen, mit ihr zu Abend zu essen und anschließend noch ein wenig zu plaudern. Oft weiß sie dann nämlich schon so viel von ihrem aktuellen Buch, dass irgendwelche Diskussionen zwischen uns entstehen oder sie ganz gespannt prognostiziert, wie sich die Geschichte wohl entwickeln wird.

„Wie geht es dir?", fragt sie, während ich mit abweisendem Blick zu ihr in die Küche gehe.

„Ich weiß es nicht", sage ich und mache dann eine kleine Pause. „Ich will, dass das alles ein Ende findet. Dieser Brandon zerstört mein ganzes Leben und ich sehe einfach zu. Das kann doch nicht sein", fahre ich fort. Blicke ihr nun direkt in die Augen.

Miss Kicket wirkt ein wenig überrascht von meiner Direktheit, wirft mir allerdings einen verständnisvollen Blick zu, bevor sie mir einen frisch zubereiteten Pfefferminz-Eistee vor die Nase stellt und sich vorsichtig zu mir an ihren Küchentisch setzt. Ich erkenne an ihrer gebeugten Haltung und den langsamen Bewegungen, dass sie starke Schmerzen hat. Ihr Rücken scheint ihr heute wieder einen Strich durch die Rechnung zu machen. Wahrscheinlich saß sie den ganzen Tag auf ihrem Lieblingssessel und strickte. Und nach unserem Gespräch wird sie diesen Platz direkt wieder einnehmen und in dem Buch, das sie gestern mit nach Hause genommen hat, weiterlesen. Schon zu oft, habe ich ihr gesagt, sie solle sich doch ab und an ein wenig an die frische Luft begeben. Etwas spazieren gehen oder ihren ehemaligen Freundinnen im Altersheim im südlichen Teil von Melbane einen Besuch abstatten. Aber sie ist lieber alleine. Denkt viel nach. Über was genau, weiß ich nicht. Vielleicht trauert sie noch immer ihrem Ehemann, welcher vor vielen Jahren gestorben ist, nach. Ich habe keine Ahnung, aber so wie sie mir meinen

Freiraum gewährt, gewähre ich ihr ihren und versuche mich einfach über ihr Lächeln zu freuen, wenn sie mich sieht und ich ihr von meinen Erlebnissen mit meinen Freundinnen erzähle.

„Kommt er denn immer noch zu dir, mein Kind?"

Ich nicke. Versuche nicht zu sehr an Brandon zu denken, um so vielleicht die Tränen verhindern und die Fassung behalten zu können. Kann mich so voll und ganz auf Miss Kickets Antwort konzentrieren, doch sie betrübt mich nur noch mehr.

„Warte noch ein wenig!"

„Worauf soll ich warten?", denke ich mir, während ich meine Schultern hängen lasse und innerlich immer wütender werde. Würde ihr diese verständnislosen Worte am liebsten so laut wie möglich an den Kopf werfen. Ihr damit zeigen, dass mir ihre rätselhaften Ratschläge kein Stück weiterhelfen. Aber ich möchte nicht auf sie wütend sein. Atme ruhig ein und wieder aus. Blicke tief in ihre ozeanblauen Augen. Würde am liebsten darin abtauchen und nie mehr an die Oberfläche gelangen. Mir in den Tiefen des Ozeans jede Sorge nehmen lassen und dann als neue *Nora Anderson* die Welt mit all ihren Herausforderungen und Hindernissen betreten. Mich ihr stellen und für ein liebevolleres, stärkeres Dasein kämpfen.

„Nora?", reißt mich Miss Kicket aus meinen Gedanken. Ich schrecke auf und streiche mir mit meiner rechten Hand ruckartig durch die Haare. Dass ich komplett abgeschweift bin, ist mir sofort peinlich.

„Entschuldigen Sie! Ich kann kaum mehr klar denken. Und genau aus diesem Grund bin ich heute zu Ihnen gekommen. Um Ihnen etwas ganz Wichtiges mitzuteilen."

Ich mache eine kurze Pause, während ich meinen Blick wieder ihr entgegenrichte und merke, wie nervös ich auf einmal werde. Aber sage die geplanten Worte laut und deutlich.

„Ich möchte zur Polizei."

Sofort sehe ich, wie sie ihre Augen weit aufreißt und wie sich ihre mit unzähligen Falten versehenen Wangen leicht rötlich verfärben. Doch alles, was sie von sich gibt, ist: „Nein, warte noch ein wenig. Nicht mehr lange, Liebes, glaub mir bitte!"

Ich gebe auf. Spüre, dass sie mir nicht mehr sagen wird. Nicht bevor ich meine Erfahrungen mache. Also stehe ich enttäuscht auf, sage ihr, dass ich mich wieder auf den Heimweg machen werde, und verabschiede mich ausnahmsweise mit einer Umarmung von ihr. Und in diesem Moment, als ich meine Arme um den kraftlosen, gebrauchten Körper von Miss Kicket schlinge, verändert sich etwas tief in meinem Inneren. Meine Gedanken, meine Einstellung, meine Ansichten. Beginne ich nun etwa zu glauben, dass sich bald etwas ändern wird? Warum wollte ich unbedingt zuerst zu Miss Kicket und bin nicht direkt zur Polizei gegangen? Würde sich dadurch überhaupt etwas ändern, so ganz ohne Beweise? Oder glaube ich sowieso, dass Brandon selber wieder auf den richtigen Weg finden wird?

Ich weiß es nicht. Ich weiß es einfach nicht. Aber Miss Kicket scheint es zu wissen. Und darauf beginne ich ungewollt zu vertrauen. *Warum*, ist mir ein Rätsel.

„Tschüss, Nora. Pass auf dich auf! Und handle nicht zu voreilig, ja?", verabschiedet sich Miss Kicket von mir, hinterlässt einmal mehr Tausende von Fragezeichen. Etwas frustriert nicke ich ihr zu, trete aus ihrer Wohnung und schließe wie gewohnt hinter mir ab.

Kaum zu Hause angekommen, lege ich mich auf mein Sofa und lasse meinen Gedanken freien Lauf. Vergesse, was ich heute gemacht habe, welche Kunden bei mir waren und welche Bücher ich neu in die Regale eingeräumt habe. Vergesse, was ich bei Miss Kicket für einen Tee getrunken habe, was sie zu mir gesagt hat und sogar, was ich von ihrer Meinung gehalten habe. Alles ist weg, aber trotzdem überall in meinem Kopf. Die Gedanken finden ihren eigenen Weg, ich versuche erst gar nicht, sie daran zu hindern. Ich bin also ganz ruhig. Entspanne mich mehr und mehr.

Doch plötzlich ertönt aus meinem Smartphone ein lautes Klingeln. Ich schrecke auf, suche das vibrierende Gerät und nehme den eingehenden Anruf mit einem harten „Anderson" entgegen.

„Hi Nora. Du, Olivia und ich kommen doch nicht mehr. Wir sind total platt vom heutigen Tag. Hältst du es bis morgen ohne uns aus?", sprudelt mir Ellas entschuldigende und doch muntere Stimme direkt entgegen. „Klar. Gute Nacht!", sage ich kurz und knapp. Versuche meine leichte Enttäuschung vermischt mit bitterer Nervosität so gut es geht zu verbergen. „Dir auch. Und schlaf gut!", sagt Ella noch, aber ich habe mein Smartphone bereits vom Ohr genommen und betrachte mit traurigem Blick das so wunderschöne Bild meiner besten Freundin, das mir angezeigt wird, sobald ich mit ihr telefoniere. Sehe dann, wie sie den Anruf beendet und der Bildschirm sofort schwarz wird.

Und dann, eine Träne. Still und langsam sucht sie sich den Weg über meine Wange und verleiht der mich plötzlich überkommenden Einsamkeit Ausdruck.

Ich kann nicht mehr.

Doch bevor ich mein Smartphone wieder auf den Couchtisch neben mir legen und mich ganz auf mich konzentrieren kann, höre ich, wie jemand mit lauten Schritten, ohne zu klingeln oder zu klopfen, meine Wohnung betritt. Die Einsamkeit nimmt ein jähes Ende.

Nein, nicht schon wieder!

Nicht jetzt.

Einfach. Nicht. Jetzt.

Eine weitere Träne löst sich aus meinem Auge, ich kann sie nicht mehr aufhalten.

Kann *ihn* nicht mehr aufhalten.

Kapitel 4

Brandon. Ja, es war Brandon. Wer hätte es denn sonst sein sollen? Er ist gestern Abend einmal mehr zu mir gekommen und hat sich an meinem Körper vergriffen. Anders ist es nicht auszudrücken, auch wenn ich es gerne tun würde. Wie immer hat er mich direkt in mein Schlafzimmer geschleift, uns die Kleider Stück für Stück vom Leib gerissen und ist dann, ohne lange zu warten, auf meinem Bett mit der weinroten, ganz unschuldigen Bettdecke in mich eingedrungen. Ohne ein einziges Wort zu sprechen. Ohne meinen Versuch, mich von ihm zu lösen, auch nur für eine Sekunde zu beachten.

Er vergewaltigte mich einmal mehr.

Während ich ganz verzweifelt an Miss Kicket gedacht habe. Noch immer hatte ich ihre Stimme laut und deutlich in meinem Kopf gehabt: „Gib ihm Zeit." Doch ich will nicht. Will ihm keine Zeit geben und glauben, er würde sich ändern, wenn er genug hätte. Auch wenn er mich verunsichert hat. Mich wieder vom Gedanken an die Polizei abgebracht und wieder tiefer in seinen Bann gezogen hat. Er ist und bleibt ein Vergewaltiger.

Diese Erkenntnis kommt mir, als ich am frühen nächsten Morgen noch völlig übermüdet unter meiner warmen Bettdecke liege und langsam, aber sicher realisiere, dass die jämmerlichen drei Stunden Schlaf, die ich bisher hinter mich bringen konnte, nicht reichen werden, mich und meinen Körper durch den ganzen Tag zu schleppen. Ich weiß, dass ich eigentlich noch einmal schlafen müsste, aber es funktioniert nicht. Jedes Mal, wenn ich in den Schlaf verfalle, suchen mich grässliche Albträume heim, in denen mich ein Mann nach dem anderen verfolgt und meinen Körper für sich gewinnen will. Zuerst mein ehemaliger Lehrer, dann einer meiner Nachbarn und dann mein Vater. Ja, mein eigener Vater!

Ich glaube, ich werde wahnsinnig.

Schnell reiße ich meine Augen auf, bringe meine Nachttischlampe und die damit verbundene Lichterkette über meinem Bett dazu, mein Schlafzimmer zu erhellen, und greife nach meinem Smartphone, das wie immer auf dem kleinen Tischchen neben meinem Bett liegt. 03:43 Uhr erkenne ich blinzelnd und beginne mich sofort über meinen absolut unregelmäßigen Schlafrhythmus zu ärgern. Denn dass ich abends mal nicht gleich einschlafen kann, kommt sehr oft vor. Aber meist folgt dann auch eine miserable Nacht, was mich immer müder werden lässt. Aber ich habe mittlerweile gelernt, damit zu leben. Was kann ich denn groß dagegen unternehmen?

Nun liege ich also in meinem noch warmen Bett und lausche der Stille. Sie ist bedrückend und angenehm zugleich. *„Mit etwas Musik würde ich mich bestimmt etwas besser fühlen"*, denke ich mir sofort, richte mich langsam auf und rutsche von der weichen Matratze, um mir dann gemächlich ein Paar warme Socken und einen dicken Pullover überzuziehen. Dann schlendere ich ins Wohnzimmer und schalte meine Musikbox an. Wenige Sekunden später wird der ganze Raum von leisen und sinnlichen Tönen verschiedener Rhythmen erfüllt, sodass sich nun eigentlich gute Laune ausbreiten müsste. Aber ich, so müde bin ich noch, lasse mich einfach kraftlos auf mein Sofa fallen und ziehe mir eine flauschige Decke über meine Beine, um diese weiterhin warm zu halten.

Doch kaum habe ich meinen Kopf in den weichen Kissen vergraben und die Musik in mich aufzusaugen begonnen, fällt mein Blick auf den Esstisch. Besser gesagt, auf die zerknüllte Visitenkarte, die noch unberührt auf ihrem Platz liegt, wo ich sie vor zwei Tagen ganz verärgert verfrachtet habe.

„Suchst Du einen Menschen, dem Du alles anvertrauen kannst?", steht auf der Visitenkarte, wodurch sich sicher viele Menschen angesprochen fühlen. Doch ich denke mir nur: *„Was soll ich diesem Menschen sagen? Hey du, ich werde seit zwei Wochen von einem gewissen*

Brandon Johnson vergewaltigt, doch weiß mich nicht zu wehren. Was soll ich tun?" Einen Scheißdreck würde mir so ein Mensch bringen.

Und überhaupt, ich habe ja bereits zwei davon – Ella und Olivia. Aber sind sie wirklich solche Menschen? Kann ich ihnen alles anvertrauen? Nein, kann ich nicht. Ich *kann* nicht. Vor ihnen halte ich lieber meinen Mund. Lüge sie an, spiele ihnen eine heile Welt vor.

Verdammt.

„Das kann doch nicht sein", denke ich mir. Überlege mir für einen Moment, ob ich ihnen nicht doch die Wahrheit erzählen soll. Ich könnte sie kurz anrufen. Aber was können sie an meiner Situation schon ändern? Nichts. Sie würden mich doch ohnehin nicht verstehen. Weil Menschen, die so etwas noch nie erlebt haben, gar nicht nachempfingen *können,* wie es einem dabei geht. Ich bin also einfach still, lasse meinen Körper immer tiefer fallen.

Wobei – *mein* Körper – kann ich das noch so sagen? Hat mir Brandon meinen Körper nicht schon längst genommen?

Wütend schnappe ich mir mein Smartphone, lade mir die auf der Visitenkarte angegebene App herunter, öffne diese und betrachte den Bildschirm daraufhin ausgiebig. Sie setzt sich aus insgesamt drei Seiten zusammen, zwischen welchen man mithilfe der drei Symbole in der ganz unten positionierten Leiste wechseln kann. Wenn man links auf das Logo der Dating-App, die zwei leicht übereinanderliegenden Herzen, klickt, erscheinen zufällig einige Vorschläge von möglichen Partnern. In der Mitte kommt man über eine Sprechblase auf die Seite mit allen offenen Chats und rechts kriegt man über eine mit wenigen Strichen dargestellte Person einen Überblick über die persönlichen Einstellungen und Daten, vorausgesetzt man hat bereits ein Konto.

Die Vorschläge interessieren mich momentan aber am meisten, also tippe ich rasch auf die beiden Herzen und sehe mir die ersten Männer etwas genauer an. An oberster Stelle ist der braun gebrannte, humorvolle Mason Thompson, der von Beruf Maurer ist, in seiner Freizeit allerdings sehr gerne verschiedene Serien und Filme auf Netflix schaut, dann der durchtrainierte Will King mit seinem Hundebaby namens Cotton, den er täglich mit ins Fitnessstudio nimmt, und zu guter Letzt der laut seiner Ex-Freundin etwas eifersüchtige Lucas

Martin, der sich einfach nur eine sportliche Frau mit langen, blonden Haaren und blauen Augen wünscht. Darauf folgen noch unzählige weitere, doch ich halte inne. Weiß noch nicht so recht, was ich davon halten soll. Verwirrung macht sich in meinen Gedanken breit.

„Was tue ich hier?", frage ich mich. Ertappe mich aber trotzdem dabei, wie ich mir insgeheim wünsche, noch ein wenig weiterscrollen zu können. Doch kurz bevor ich das Foto und die persönlichen Angaben des nächsten Mannes unter die Lupe nehmen kann, versperrt mir ein großes, viereckiges Feld die Sicht. Es fragt nach einem bereits bestehenden Login oder gibt mir die Chance, mich über einen Link zu registrieren. Gedankenverloren folge ich dem genannten Link und erstelle mir ein eigenes Profil.

Whisper15 nenne ich mich. Wie das Kätzchen, das mir einmal gehörte. Als meine Eltern noch lebten und wir in einem großen Haus in der Nähe der *Library of Love* wohnten. Whisper war sehr viel unterwegs, doch wenn sie einmal bei uns im Haus war, war sie so anhänglich und verschmust, dass wir sie manchmal stundenlang streicheln konnten, ohne dass sie Anstalten machte, einmal genug zu haben. Sie war mein Ein und Alles. Bis wir sie etwas mehr als ein Jahr vor dem Tod meiner Eltern im Alter von fünfzehn Jahren einschläfern mussten. Für mich brach bereits da eine kleine Welt zusammen.

Ehrlich gesagt, hätte ich nicht gedacht, dass das Einrichten eines Profils in einer Dating-App so schwierig sein kann. Dass ich einundzwanzig Jahre alt bin, rotbraune Haare und grünbraune Augen habe, die von vielen kleinen Sommersprossen umrahmt sind, ist ja noch ganz einfach. Auch, dass ich einen ziemlich sportlich legeren Kleidungsstil habe, mich selten schminke, weil ich es einfach nicht wirklich kann, aber dennoch gerne Schmuck trage und mir im Alter von achtzehn Jahren ein Helix und ein Tragus stechen ließ, kriege ich ziemlich schnell hin. Aber offen anzugeben, dass meine Eltern bei einem Flugzeugabsturz verstorben sind, ich alleine in der von den Eltern übernommenen Bibliothek in Melbane arbeite und *eigentlich* eine sehr lebensfrohe, offene und ehrliche Frau bin, fällt mir schwer. Und als mir dann eine fünfzehnminütige Befragung zu meiner Persönlichkeit bevorsteht, bin ich praktisch am Ende meiner

Kräfte. Aber ich will es durchziehen. Irgendetwas tief in mir drängt mich dazu. Ich kann es nicht erklären.

So beantworte ich mit kribbelnden Fingern jede Frage, wobei es mir bei den meisten sehr schwerfällt, eine Antwort zu finden. Denn es wird zum Beispiel gefragt, *warum* ich denn meinen Partner fürs Leben finden möchte. Und da es leider kein *da ich zurzeit vergewaltigt werde* zur Auswahl hat, musste ich mich für *um meinem langjährigen Singleleben endlich ein Ende zu setzen* entscheiden. Aber ja, meine letzte Beziehung ist sogar wirklich bereits ein paar Jährchen her. Wobei – kann man die Sache mit den Liebesbriefen zwischen Zehnjährigen überhaupt *Beziehung* nennen?

Zum Schluss tauchen noch einige Fragen zu meinem Traumtyp auf dem Display meines Smartphones auf und ich nehme alle meine Kraft zusammen, um auch diese Fragen noch zu beantworten. Und dann ist es endlich geschafft. Das Profil ist erstellt und ich nehme mir die Zeit, noch ein paar weitere Männer zu begutachten und so viel wie möglich über sie zu erfahren. Natürlich sind es nun nur noch solche, die auch meinen Wünschen entsprechen. Wahnsinn, was man heute machen kann. Ich weiß noch nicht, ob mich dies verängstigen oder ermutigen soll. Weiß noch immer nicht genau, warum ich mir überhaupt einen Account erstellt habe. Sehne ich mich nach Liebe? Erhoffe ich mir dadurch eine Beziehung, die Brandon ins Aus schießt? Oder sorge ich einfach nur für eine Beschäftigung? Will ich mich einfach ablenken und glauben, *er* würde nicht mehr zu mir kommen, wenn ich ihm zeige, wie egal er mir ist?

Ich weiß es nicht, einmal mehr. Doch momentan ist mir dies einfach nur egal. Ich realisiere langsam, aber sicher, dass ich meine Augen nicht mehr lange offen, geschweige denn auf mein Smartphone gerichtet halten kann. Beschließe daher, es einfach auszumachen, lege mich unter die Decke auf das weiche Sofa und ziehe mir ein flauschiges Kissen unter meinen Kopf.

So gut die Ablenkung durch die Dating-App gerade tut, mein Körper ist am Ende. Psychisch, aber auch physisch. Ich bin schwach und werde immer dünner. Auch wenn ich dies schon immer war, die letzten zwei Wochen ließen das Fass überlaufen – wobei *austrocknen* es wohl besser treffen würde. Ich spüre meine Hüftknochen immer mehr aus meinem Körper ragen, meine Beine werden seit einigen Tagen von einer relativ breiten Lücke getrennt und meine Brüste werden immer kleiner.

Ist dies das Schicksal eines Vergewaltigungsopfers? Werde ich nun andauernd das Gefühl haben, es werde mir der eigene Körper genommen? Ich wäre von nun an in jeder Sekunde beschmutzt, egal wie viele Male ich unter der Dusche stehe und die Haut zu waschen versuche?

Ja, das Ganze findet *in* einem statt. Die äusserlichen Veränderungen kann man nicht beeinflussen. Man ist einfach da. Man ist da, und wird doch nur ausgenutzt.

Man fühlt es und hat doch kein Gespür.

Man kann sich wehren und hat doch keine Chance.

Man lebt, doch stirbt innerlich Stück für Stück ab.

Ganz langsam.

Schritt für Schritt.

Kapitel 5

Die verschiedenen Pflanzen in den Bücherregalen und auf den kleinen Tischchen beginnen langsam, aber sicher wieder zu blühen und ein herrlich sommerlicher Duft verbreitet sich mehr und mehr in der ganzen Bibliothek. Die Sonne umspielt mit ihren Strahlen die Dielen des Parkettbodens und sorgt so für eine angenehme Wärme. Mittlerweile braucht man nicht mehr als ein T-Shirt und kurze Hosen anzuziehen, um es genügend warm, wenn nicht sogar schon etwas zu heiß zu haben.

Der Sommer rückt mit jedem Tag näher.

Und mit ihm der Todestag meiner Eltern.

Ich weiß nicht warum, aber seit Brandon in mein Leben getreten ist, schiebe ich dies viel zu sehr in den Hintergrund. Ich beginne, es zu *vergessen*. Ich beginne, *sie* zu vergessen. Aber das darf nicht passieren, auf keinen Fall. Damals, auf ihrer Beerdigung in der großen, majestätischen Kirche von Melbane, habe ich mir geschworen, ich würde sie mein Leben lang in meinen Gedanken behalten. Ihnen in meinem Herzen immer einen Platz frei halten und sie dadurch immer in meiner Nähe spüren. Das war mein einziger Trost. Doch jetzt scheint dieser mehr und mehr ins Unwichtige zu rücken. Ich brauche ihn nicht mehr, da ich sowieso nicht mehr viel an meine Eltern denke. Ich sie sowieso nicht mehr so stark vermisse.

Es ist Freitagabend und es wird bereits langsam dunkel. Ich schließe gerade die Bibliothek hinter mir ab und nehme mir vor, auf dem Friedhof etwas zur Ruhe zu kommen, bevor ich mich mit meinen Freundinnen bei mir zum Filmabend treffe. Die letzten drei Tage waren sehr anstrengend. Einen Haufen voll Rechnungen, die bezahlt, E-Mails, die beantwortet, und eine Menge neuer Bücher, die beschriftet, im System erfasst und in die Regale eingereiht werden mussten.

Ich bin mit meiner Kraft am Ende.

Kaum am Friedhof, der direkt neben unserer Kirche liegt, angekommen, suche ich das gemeinsame Grab meiner Eltern, wässere die darauf angepflanzten Blumen und setze mich dann vor dem Beet auf die perfekt aneinandergereihten Steinplatten. Ich hasse diese Perfektion direkt vor der Ruhestätte meiner Eltern. Denn sie waren alles andere als perfekt. Nicht, dass ich dies nicht gut finden würde, nein, eher im Gegenteil, ich liebte es und nahm mir stets ein Beispiel an ihnen. Denn für sie war es okay, wenn in ihrer Bibliothek einmal für zwei Wochen keine neuen Bücher erschienen oder wenn ich, ihre Tochter, einmal zwei Tage nacheinander kein Salat oder Gemüse aß. Das und noch vieles mehr war für sie kein Weltuntergang, weil sie der Meinung waren, dass nichts und niemand perfekt funktionieren kann. Einmal sagte mir meine Mutter sogar: „Nora, wenn unsere Familie etwas perfekt beherrscht, dann ist es das Nicht-perfekt-Sein!"

Oh, wie ich meine Mutter vermisse. Sie und ihren kühlen Kopf. Ihre Weisheiten, ihr Organisations- und Kochtalent. Ihr Lachen, ihre Umarmungen, ihre Küsse auf meiner Stirn. Sie war mein Stern in der Dunkelheit, meine Anker auf stürmischer See.

Und mein Vater. Seine tiefe, so wunderbar beruhigende Stimme habe ich noch heute in meinen Ohren, wenn ich ganz still bin und mit ganzem Herzen an ihn denke. Seinen Humor, so dunkel wie die Nacht, aber ich liebte ihn. So sehr, wie auch seine Lust, jeden Tag etwas Neues zu erleben. Er war der Abenteuerlustige neben seiner eher vorsichtigen Ehefrau. Anscheinend hatte er sie bei ihrem ersten Date zum Klettern in einen Kletterpark eingeladen und meine Mutter, die schon immer an unsagbarer Höhenangst litt, hatte nur zugesagt, weil sie befürchtete, er würde sich nicht mehr für sie interessieren, wenn sie absagen würde. Also ging sie hin und meine Eltern lernten sich in der Höhe kennen. Von diesem Zeitpunkt an begannen sie einander zu vertrauen und verliebten sich Hals über Kopf ineinander. In der Höhe – da, wo sie dann auch gemeinsam starben. Gemeinsam. Ja, sie waren stets ein Herz und eine Seele, wie füreinander geschaffen.

Ich beginne zu weinen. Spüre, wie eine Träne nach der anderen aus meinen Augen tritt und dadurch dem Schmerz, der meine Brust zu sprengen droht, Ausdruck verleiht. Ich konnte mich nicht von ihnen verabschieden. Konnte ihnen nicht mehr sagen, dass ich sie für immer lieben und gut auf die Bibliothek achten werde. Und sie konnten mir nicht mehr sagen, dass alles gut werden wird und sie für immer von oben auf mich herabschauen werden. Das ist für mich das Schlimmste. Denn genau dies hätte bestimmt alles viel erträglicher gemacht. Ich hätte die Sicherheit, nie alleine sein zu müssen – auch wenn sie nicht mehr zurückkommen.

Langsam lasse ich meinen Blick zur Inschrift auf dem Grabstein schweifen und lese den Spruch, den ich damals zusammen mit Miss Kicket ausgesucht habe: *In Liebe geboren, in Liebe gelebt und in Liebe gestorben.*

Ein jämmerliches Schluchzen findet den Weg aus meiner Kehle und ich bin auf einmal froh, dass außer mir gerade niemand auf dem Friedhof ist. Mir ist nach einem lauten, verzweifelten Schrei, aber meine Stimme bricht und ich muss nach Luft schnappen. In meinem Körper beginnt sich alles zu drehen. Ich verliere komplett die Orientierung. Weiß nicht mehr, wo Norden, Osten, Süden oder Westen liegt. Langsam lasse ich mich neben dem Rucksack seitlich auf meinen Ellbogen sacken, lege mich dann auf die kalten Steinplatten und ziehe meine Beine an, bevor ich sie mit meinen beiden Armen umschließe – so eng wie möglich. Versuche damit, das mittlerweile so sonderbare Gefühl von Geborgenheit und Schutz wieder einmal in meinen Körper fließen zu lassen. Vergeblich.

Und auf einmal vermischen sich meine Tränen mit vielen, kleinen Regentropfen. Kalt und hart prasseln sie wie aus dem Nichts auf mich und alles um mich herum nieder, durchnässen meine Kleider, meinen Rucksack, einfach alles, was irgendwie nass werden kann. Ich schließe meine Augen und versuche mir vorzustellen, wo meine Eltern gerade sind. Ob sie wohl wirklich im Himmel sind und mich immer sehen können oder ob sie weit unter mir, tief in der Erde liegen und einfach tot sind? Einfach schlafen und nicht mehr aufwachen. Ich entscheide mich für die erste Variante.

Weil ich sie spüre.

Ich spüre *ihre* Blicke auf mir.

Sie sehen mich.

Plötzlich richte ich mich auf und öffne meine Augen. Bilde mir wirklich ein, sie seien hier auf dem Friedhof! Aber kann das sein? Hastig lasse ich meinen Blick über die unzähligen, schön aneinandergereihten Gräber, deren Steine sich vom Regen immer dunkler verfärben, schweifen. Suche die gigantischen Bäume und grauen Steinmauern, die einzelne Teile des Friedhofs abtrennen, nach irgendwelchen Personen ab.

Bis ich *ihn* sehe und merke, dass es nicht die Blicke meiner Eltern waren, die ich auf meinem gar leblosen Körper spürte, sondern *seinen* – Brandons Blick. Ich spüre ihn auf jeder einzelnen Faser meines Körpers, obwohl uns mittlerweile eine dichte, graue Regenwand voneinander trennt. Ich kann seine große, stark gebaute Gestalt klar und deutlich unter einem der Bäume mit der riesigen Baumkrone erkennen und spüre schlagartig, wie es mir heiß und kalt den Rücken runterläuft. Ich will erneut schreien und dadurch irgendjemanden zu Hilfe rufen, doch ich sehe nur, wie er mit seinen braunen Augen meinen Blick auffängt, langsam seinen linken Zeigefinger gegen seine mit Regentropfen übersäten Lippen drückt und mir damit deutlich macht, dass ich nichts sagen soll. Dass es besser ist, wenn ich jetzt still bin und mich niemand hört. Ich folge seinem Befehl und starre ihn resigniert an, während ich meinen Körper dazu bringe, aufzustehen.

Ich verstehe es nicht.

Sein Blick drückt nichts Gefährliches aus. Eher möchte er mich damit auffangen, mir Sicherheit geben. Verunsichert mich allerdings nur. Denn obwohl ich fürchterliche Angst habe und nicht verstehe, warum er hier ist, fühle ich mich irgendwie verstanden. Spüre tief in meinem Inneren, dass er mir jetzt gerade nichts Schlechtes will. Dass er mich gerne in seine Arme nehmen würde. Mich trösten würde.

Halt!

Stelle ich mir gerade wirklich vor, dass mich mein Vergewaltiger in seine Arme nehmen will?! Eher würde er seinen Penis so schnell und schmerzvoll wie möglich in meine Vagina stecken wollen! Oder etwa nicht?

Auf einmal realisiere ich, dass es für meine Eltern wohl die reinste Folter sein muss, mich so zu sehen und mir nicht helfen zu können. Vorausgesetzt sie haben wirklich einen Platz in der ersten Reihe im Himmel bekommen. Wenn sie wirklich von oben auf mich herabschauen können.

Und dann – fast zum gleichen Zeitpunkt, zu dem Brandon langsam beginnt, mir mit kleinen Schritten entgegenzulaufen – bewegt sich tief in meinem Inneren etwas. Ich vergesse alles um mich herum und lasse den augenblicklichen Impuls von der innersten Körperzelle bis zu meinem Gehirn vordringen. Lasse mir sagen, dass ich diesen Ort hier schnellstens verlassen soll. Brandon und meine Eltern haben keinen gemeinsamen Platz in meinem Leben.

Ich renne.

Weit weg von hier, weit weg von Brandon. Denn dieser bleibt wie angewurzelt stehen. Ich renne, bis ich nicht mehr weiß, wo ich bin. Bis ich nur noch die kühle Luft um mich herum spüre, der Regen lässt allmählich nach. Ich blicke langsam um mich. Doch wohin ich auch schaue, ich sehe Bäume, Bäume und noch mehr Bäume. Scheinbar bin ich in den direkt neben dem Friedhof gelegenen Wald gerannt. Hier riecht man den Sommer noch viel stärker. Vor allem, weil der Geruch des Regens noch in der Luft liegt. Und auch auf den Blättern der Bäume erkenne ich die vielen, kleinen Regentropfen, die nach und nach auf den Boden tropfen.

Was soll ich jetzt tun?

Das Klingeln meines Smartphones nimmt mir die Entscheidung ab. Schnell krame ich dieses aus meinem Rucksack, den ich mir, bevor ich losgerannt bin, noch schnell über die rechte Schulter geworfen habe.

„Anderson?", sage ich mit rauer Stimme, ohne davor zu überprüfen, wer anruft.

„Nora, hier ist Olivia! Wo bist du?", höre ich sofort die nervöse, aber bereits etwas gekränkte Stimme meiner besten Freundin in meinem Ohr und zucke reflexartig zusammen.

Schnell werfe ich einen Blick auf mein Smartphone, das mir die Uhrzeit anzeigt, und sage dann etwas zu forsch: „Scheiße. Ich mache mich gleich auf den Weg!"

Ich bin schon viel zu spät, hatte eigentlich um 19:00 Uhr bei mir mit meinen beiden Freundinnen abgemacht. Nun ist es schon 19:39 Uhr und ich stehe mitten im Wald und habe noch keine Ahnung, wo ich am besten langgehe, damit ich so schnell wie möglich in meine Wohnung zu meinen Freundinnen komme.

„Tu das. Bis dann", gibt Olivia mürrisch von sich und ich beende das Telefonat peinlich berührt. Ich weiß, wie sehr sie in solchen Momenten sofort daran denkt, ich würde sie versetzen. Ella hat damit kein Problem und zeigt sich stets verständnisvoll. Aber meistens gelingt es ihr nicht ganz, auch Olivia von diesem Gedanken zu überzeugen.

So mache ich mich also schnellstens daran, mithilfe von meinem Smartphone den schnellsten Weg nach Hause zu finden und folge diesem anschließend, bis ich mit zittrigen Beinen vor meiner Wohnungstür stehe. Meine beiden Freundinnen scheinen sich mit ihrem Schlüssel, den ich ihnen vor ein paar Jahren für Notfälle gegeben habe, bereits Zutritt zu meiner Wohnung verschafft zu haben. Um kurz zu überprüfen, ob ich ihnen so gegenüber treten kann, schaue ich hastig an meinem Körper hinunter. Was ich erblicke, übertrifft allerdings meine Befürchtungen um einiges. Diverse Schürfwunden an Armen und Beinen, verschiedenste Löcher und Risse im T-Shirt und überall Schmutz, der sich mit den vielen Regentropfen und dem Blut vermischt hat und dadurch an meinen Oberschenkeln und Waden runtergelaufen ist. Ich sollte mir wohl schnellstens eine Erklärung einfallen lassen, denke ich mir noch. Doch bevor mir überhaupt eine Lösung einfallen kann, öffnet sich meine Wohnungstür und meine beiden Freundinnen stehen auf einmal vor mir. Die eine mit einem vor Eifersucht triefenden Blick und die andere mit einem völlig schockierten Ausdruck im Gesicht.

Ich senke meinen Kopf, blicke beschämt auf den Boden und entschuldige mich mit so leiser Stimme, dass sie es wahrscheinlich kaum hören können. Doch ehe ich ein weiteres Wort sagen kann, zieht mich Ella sachte in meine vier Wände und dann in ihre Arme.

Ich schließe meine Augen und jegliche Kraft weicht aus meinem Körper. Ich beginne erneut zu weinen, ohne dass ich es wirklich möchte. Es tut einfach gut. So weiß ich immerhin, dass ich noch etwas spüre, dass ich noch lebe.

Rund zwanzig Minuten später sitze ich frisch geduscht und in eine warme Kuscheldecke gewickelt neben meinen beiden Freundinnen auf meinem Sofa. Ich spüre, wie sie langsam eine Erklärung hören wollen, doch senke meinen Blick.

„Es tut mir leid", sage ich nur. Versuche dabei, meiner Stimme etwas Kraft zu verleihen, aber scheitere.

„Nora, was ist denn passiert? Erzähl mal!", höre ich Ella vorsichtig fragen und ich schaue zaghaft in ihre blauen Augen. Sie möchte mich nicht überfordern, das spüre ich. Aber irgendetwas muss ich sagen.

„Ich …", beginne ich, doch breche ab. Traue mich nicht, sie schon wieder anzulügen, aber weiß nicht, wie ich die Wahrheit in Worte fassen könnte.

Da vibriert mein Smartphone, das ich neben mir auf dem Sofa liegen habe, und selbst diese kaum hörbare, aber doch intensive Bewegung lässt mich zusammenzucken. Eine Push-Mitteilung taucht auf dem Display auf, doch ich schenke ihr kaum Aufmerksamkeit. Ringe noch immer mit mir selbst – Wahrheit oder Lüge? Und auch Ella blickt keine Sekunde auf mein Smartphone, sondern hält meinem Blick stand. Versucht mir damit Kraft zu geben.

Aber Olivia – Olivia ruft plötzlich in argwöhnischem Ton: „Uuuh, eine neue Nachricht von *Lewis_K*. Wer ist das denn bitte schön?"

Ich zucke zusammen. Vergesse, ob ich gerade näher bei der Wahrheit oder der Lüge war. Sehe, wie Ella ebenfalls hin- und hergerissen ist. Auch sie ist sich nicht sicher, was sie tun soll. Auf mich beziehungsweise meine Antwort warten oder doch lieber nachfragen, was diese Nachricht von einem offensichtlich wildfremden Mann soll?

Sie tut nichts von beidem.

„Olivia, wollen wir Nora für heute Abend alleine lassen? Ich glaube, sie muss sich zuerst einmal beruhigen, oder?", sagt sie mit ruhiger Stimme und einem leichten Nicken in meine Richtung. Ein schwerer Stein fällt mir vom Herzen! Was würde ich ohne Ella nur tun?

„Warum? Ich will wissen, mit wem sie hier heimlich schreibt. Das ist mein gutes Recht, als beste Freundin!", sagt Olivia entrüstet, worauf Ella ein scharfes „Olivia!" erwidert. Ich blicke wortlos zwischen ihnen hin und her. Weiß wiederum nicht, was ich tun soll.

„Also ich gehe jetzt! Kommst du auch?", fragt Ella bestimmt, schaut mir tief in die Augen und nimmt mich zum Abschied liebevoll in den Arm. „Ruf mich an, wenn du reden willst oder wir wieder zu dir kommen sollen, ja? Wir würden sofort kommen, das weißt du!"

„Mach ich", sage ich mit brüchiger und doch irgendwie dankbarer Stimme. Spüre, wie mir die Tränen langsam, aber sicher in die Augen treten.

„Okay, ich komm ja, ich komm ja", höre ich dann Olivia erwidern und schaue zu, wie sie ebenfalls aufsteht und mich kurz umarmt. Dann folgt sie Ella mit beleidigtem Blick aus der Wohnung.

Und ich bin wieder alleine. Alleine mit meinen Gedanken, mit meiner Kraft sowieso am Ende. Aber die Neugier siegt. Ich wage einen Blick auf mein Smartphone und schaue, was mir dieser *Lewis_K* geschrieben hat.

Lewis_K – wer ist das wohl?

Kapitel 6

*L*ewis K ist also der erste Mann, der es wagt, mich anzu-
schreiben. *„Hallo"*, textet er ganz simpel und vorsichtig.
Ich habe mich mittlerweile in mein Bett gelegt und starre besonnen auf mein Smartphone. Die Tatsache, dass ich immer
noch nicht weiß, warum ich mir in dieser Dating-App überhaupt
ein Konto eingerichtet habe, hält meine Gedanken ziemlich auf
Trab. Solange ich auch grüble und nach einem logischen Grund
suche, ich finde keine Antwort.

„Was soll ich antworten?", frage ich mich, während ich das ein-
fache *„Hallo"* von ihm nicht aus den Augen lasse. Doch bevor ich
überhaupt zu überlegen begonnen habe, tippen meine Finger
auf der Tastatur bereits ein einfaches *„Hey"* und wenige Sekunden später habe ich die Nachricht auch schon gesendet. Leichte Nervosität beginnt sich in meinem Bauch breitzumachen – es
ist lange her, seit ich mit einer fremden, männlichen Person geschrieben habe.

„Wie geht's Dir?", kommt es alsbald zurück und ich fühle mich bereits ein wenig überfordert. Wie weit möchte ich überhaupt gehen?

„Gut."

Mehr bringe ich nicht zustande, mehr möchte ich gar nicht preisgeben. Wer weiß, was das für ein Mann ist. Immerhin füge ich noch
ein «Und Dir?» hinzu und warte dann fieberhaft an meiner Unterlip-
pe nagend auf eine Antwort.

*„Ebenfalls ziemlich gut, danke der Nachfrage. Bist Du auch neu
hier?"*, fragt er daraufhin.

„Ja, seit Mittwoch. Du?", antworte ich reflexartig.

Sogleich taucht ein lächelndes Emoji mit einem Schweißtropfen auf der Stirn auf, gefolgt von folgenden Worten: *„Uff, ich erst seit heute Morgen."*

Ich muss instinktiv grinsen. Weiß jedoch nicht, was ich darauf erwidern soll. Zum Glück nimmt mir *Lewis_K* die Entscheidung ab und fragt mich weiter aus. *„Wie darf ich Dich überhaupt nennen? Ich nehme an, Whisper ist nicht dein richtiger Name?"*

„Nein, ich heiße Nora", schreibe ich. Meinen Nachnamen zu verraten, wage ich noch nicht. *„Und Du Lewis, ja?"*, füge ich hinzu.

„Korrekt."

„Wie kommst Du auf Whisper?", fragt er nach einer kleinen Pause. Schnell suche ich in meiner Galerie eine Aufnahme von Whisper und schicke ihm diese kommentarlos.

„Niedlich!", kommt es von ihm.

„Ja, war echt eine wunderbare Dame, unsere Whisper. Wir mussten sie aber leider vor zwei Jahren einschläfern lassen."

Ein etwas schockiertes Emoji mit einer Träne taucht auf meinem Bildschirm auf. *„Wurde sie fünfzehn?"*, fragt er. *„Wegen der Zahl in Deinem Namen"*, fügt er hinzu und wenige Sekunden später taucht noch die folgende Frage auf meinem Display auf: *„Vermisst Du sie?"*

„Ja genau!", antworte ich kurz und bündig auf seine erste Frage. *„Ja, ich vermisse sie sehr. Sie hat immer so süß mit mir gekuschelt – da brauchte ich nie einen Freund, den hat sie wunderbar ersetzt"*, füge ich in einer zweiten Nachricht zusammen mit einem Emoji, das seine Zunge ganz keck zum Vorschein bringt, hinzu.

„Haha, verstehe!"

Und schon muss ich wieder grinsen. Wäre ich an seiner Stelle, würde ich es auch lustig finden.

„Für was steht das K in Deinem Namen?", frage ich, ohne lange darüber nachzudenken. Lasse mich ganz von meiner Neugier führen. Doch Lewis lässt mich ganz schön lange auf die Antwort warten.

„Steht für Kate, den Vornamen meiner Mutter."

„Oh, dann bedeutet sie Dir wohl ziemlich viel?"

„Sie ist leider vor fünf Jahren verstorben …"

Ein niedergeschlagenes Emoji folgt auf seine Antwort und ich werde schlagartig traurig. Denke an meine eigene Mutter und realisiere, dass sie jetzt gerade wahrscheinlich ziemlich stolz auf mich ist. Ich schreibe zwar mit einem mir fremden Mann, aber bin total ausgelassen und tippe, ohne viel zu überlegen.

„Das tut mir leid. Ich weiß nur zu gut, wie sich das anfühlt …", versuche ich ihn aufzumuntern.

„Echt? Lebt Deine Mutter auch nicht mehr?"

„Nein. Meine Eltern sind beide bei einem Unfall umgekommen."

Wieder kommt ein niedergeschlagenes Emoji von ihm und daraufhin folgende Worte: *„Sorry! Das tut mir leid."*

„Danke. Alles gut, ich habe mittlerweile gelernt, alleine zu leben und kriege dies meiner Meinung nach relativ gut hin", tippe ich fleißig in die Tastatur, ohne den Gedanken zuzulassen, ob ich Lewis überhaupt so viel verraten möchte. Es fühlt sich jetzt gerade richtig an.

„Alles klar, das freut mich", schreibt er, bevor eine lange Pause entsteht. Ich weiß nicht mehr, was ich noch schreiben könnte, und ihm scheint es ähnlich zu gehen. Müde lege ich mein Smartphone auf der Höhe meines Bauches auf meine Bettdecke und schließe meine Augen. Versuche alle negativen Gedanken, die ich während dem Texten so gut ausblenden konnte, in weiter Ferne zu halten. Für heute haben diese nichts mehr bei mir zu suchen.

Und wirklich, es gelingt mir. Ich beruhige und entspanne mich ein wenig. Es gelingt mir sogar, all meine Sorgen für einen Moment zu vergessen. Und ohne es wirklich zu realisieren, werde ich immer müder und gleite mit dem nächsten Atemzug ins Traumland über. Ohne meinen abendlichen Pflichten nachzukommen.

Ohne meine Zähne zu putzen.

Ohne das Licht auszuschalten.

Und ohne die Tür abzuschließen.

Ohne dafür zu sorgen, dass Brandon nicht ganz so leicht zu mir kommen kann. Dafür zu sorgen, dass er mich nicht zum ersten Mal in der Nacht vergewaltigen kommen kann.

Doch dies realisiere ich erst, als es schon viel zu spät ist. Als ich *ihn* bereits mit großen Schritten in mein Schlafzimmer stürmen höre und ich, nachdem ich mich reflexartig aufgesetzt und meine Beine angezogen habe, vor Schreck total gelähmt versuche, in der Dunkelheit irgendetwas zu erkennen.

Und genau in diesem Moment verfluche ich mich selbst. Frage mich, wie ich es nur so weit habe kommen lassen. Sofort treten mir unzählige, kleine Tränen in die Augen, aber ich verbiete mir, ihnen freien Lauf zu lassen. Er hat es nicht verdient, jegliche Emotionen von mir zu hören, geschweige denn zu sehen. Also starre ich weiterhin einfach in seine Richtung. Höre, wie er sich ein Kleidungsstück nach dem anderen vom Körper streift und es auf den Boden fallen lässt. Ich höre das Knistern seiner Haare, als sie in Kontakt mit den elektrisch geladenen Teilchen seines T-Shirts treten, und das Klacken des Gurtes, als er ihn öffnet.

Ich halte die Luft an. Fahre zusammen, als ich spüre, wie er sich auf mein Bett kniet, und merke, wie mein Herz nach sauerstofffreichem Blut schreit. Beginne wieder ein- und auszuatmen, doch mein Körper will sich nicht beruhigen. Langsam kommt Brandon mir näher und ich will zurückweichen. Mich irgendwo in Sicherheit bringen und dafür sorgen, dass ich nie wieder eine solche Angst verspüren muss.

Zum Glück haben sich meine Augen mittlerweile an die Dunkelheit gewöhnt und ich erkenne seine Gesichtszüge mehr und mehr. Doch irgendetwas ist anders. Vielleicht sein Aussehen? Er hat sich rasiert – ohne den schwarzen, ungepflegt wirkenden Bart sieht er bereits halb so aggressiv und grob aus. Aber nicht nur das hat sich verändert. Nein, die Art, wie er mich ansieht, seinen Blick über meinen Körper mit dem grauen, lockeren Nachthemd streifen lässt, es ist seltsam. Es ist nicht wie die vielen Male zuvor. Ich spüre, dass er mir nichts Böses will. Es ist nicht mehr der Genuss oder die Gier, sondern so etwas wie Bewunderung, die sich in seinem Blick widerspiegelt. Für einen klitzekleinen Moment würdigt er mich. Findet mich wunderschön. So schön, dass er mich eigentlich gar nicht vergewaltigen will.

Aber er tut es trotzdem.

Lässt die Bewunderung so schnell wieder verschwinden, wie sie aufgetaucht ist. Reißt mir mein Nachthemd stürmisch vom Körper und hält diesen anschließend stets unter Kontrolle. Entweder durch seine harten Griffe um meine Handgelenke und Arme oder durch den hohen Druck seiner Schienbeine auf meinen Beinen.

Ich habe keine Chance.

Versuche gar nicht, mich zu wehren.

Und schon dringt er ohne Vorwarnung in mich ein. Es tut weh, aber ich lasse mir nichts anmerken. Höre sein Stöhnen, aber tue so, als würde es nicht bis zu meinen Ohren durchdringen. Als wäre ich gar nicht hier. Ob ich ihm so sein Vergnügen nehme oder es mir persönlich einfach so erträglich wie möglich machen möchte, weiß ich nicht. Vielleicht will ich mich auch einfach voll und ganz auf meine Gedanken konzentrieren können. Denn die Frage, warum er sich vorher diesen Aussetzer erlaubt hat, lässt mich nicht los. Ist er kurz schwach geworden? Oder wollte er mich einfach nur verwirren?

Verlangt Miss Kicket, dass ich auf genau diese Veränderung warte? Das kann doch nicht sein! Meine Gedanken überfordern mich. Kurz schüttle ich meinen Kopf, als würde ich ihn auf diese Weise von all den Lasten befreien wollen. Und genau in diesem Moment holt er mich zurück in die Realität. Zurück in die schmerzvolle, chancenlose Realität.

Er kommt.

Ich sehe es seinem erstarrten Gesicht ganz genau an. Sein Mund ist geöffnet, seine Augen verschwinden beinahe unter den Lidern. Auf seiner Stirn erkenne ich klitzekleine Schweißtropfen, sein Atem geht stoßweise. Ich höre nur sein beinahe lautloses Stöhnen.

Warum tut er mir das nur an?

Langsam zieht er sein Glied aus meinem Körper und lässt sich erschöpft neben mich fallen. Nimmt sich aber kaum Zeit, den Moment zu genießen, und entfernt direkt das in der Dunkelheit leicht leuchtende Kondom. Nicht dass ich etwas dagegen hätte, dass er meine Wohnung schnellstens wieder verlässt, aber ich verstehe nicht, wie man sich so lange auf einen Orgasmus freuen und eine Frau so lange dazu zwingen kann und dann nicht einmal das Ergebnis genießt. Ist ihm dies gar nicht wichtig? Zählt einfach nur die Tatsache, dass er gegen meinen Willen mit mir Sex hat? Wobei, kann man das *Sex* nennen? Will er nicht einfach nur *kommen* und gut ist?

Jetzt steht er auf und dreht mir den Rücken zu. Ich wende meinen Blick sofort von ihm ab, aber höre ganz genau, wie er sich seine Kleider wieder überzieht und in seine Schuhe schlüpft. Ich ziehe vorsichtig meine Decke über meinen nackten Körper und bringe diesen langsam in die Embryonalstellung. Mir tut alles weh. Überall spüre ich blaue Flecken, alte und neue.

„*Was tue ich hier? Warum wehre ich mich nicht?*", frage ich mich, während langsam die ersten Tränen den Weg aus meinen Augen finden. Eine Antwort werde ich wohl nie kriegen. Oder doch? Ich spüre seinen Blick auf mir. So eindringlich wie noch nie zuvor. Ich drehe mich langsam in seine Richtung, um zu erkennen, was er damit erreichen will. Doch was ich sehe, hätte ich keineswegs erwartet.

Pures Mitleid spiegelt sich in seinen braunen Augen.

Ich tue ihm leid.

Auf eine Art, die sich kaum beschreiben lässt.

– Teil 2 –

Er dringt in mich ein

Kapitel 7

Es ist Montagmorgen, ich bin gerade dabei, in den verschiedenen Regalen und auf den verschiedenen Tischen der *Library of Love* für Ordnung zu sorgen, als die ersten Besucher durch die Eingangstür treten und sich sofort auf die Suche nach neuen Büchern für die kommende Woche machen. Draußen sorgt ein leichter Sommerregen für emsiges Treiben. Überall spannen die Dorfbewohner ihre breiten, farbigen Regenschirme auf, damit sie sich selbst und ihre Taschen oder Rucksäcke so schnell und trocken wie möglich zur Arbeit bringen können. Ob sie dabei bei jedem dritten Schritt einer anderen Person in den Weg kommen, ist völlig egal. Die runden Tischchen und die dazu passenden Stühle der verschiedenen, kleinen Cafés gegenüber der Bibliothek verharren noch immer in derselben Position, in der man sie am vergangenen Abend hinterlassen hat – leer geräumt und zusammengekauert, im Freien vor den riesigen Fensterfronten, auf denen sich immer mehr Spuren der vielen Regentropfen abzeichnen. Die Angestellten hatten sich die Mühe erspart, die breite Markise als Schutz runterzulassen, sie würde ohnehin nur nass werden und hätte eine Ewigkeit gebraucht, bis sie wieder trocken wäre. Auch die Klappschilder, auf denen meist die aktuellen Spezialitäten oder kleine, überaus motivierende Sprüche und Zeichnungen zu sehen sind, entdecke ich nirgends. Jegliche Alltagstätigkeiten spielen sich im trockenen Inneren der Gebäude ab.

Als ich gerade einen weiteren Einwohner von Melbane begrüssen begrüßen will, höre ich, wie mein Smartphone wie aus dem Nichts einen Anruf ankündigt. Laut und störend erfüllt der vielfältige Rhythmus meines Klingeltons die gesamte Bibliothek und meine Wangen verfärben sich in ein zartes Rot. „Sorry!", rufe ich peinlich berührt, doch es scheint kaum jemanden zu stören. Schnell springe ich zum kleinen Tresen direkt vor dem Eingang und nehme den Anruf entgegen.

„Guteeen Morgeeen, wie geht es dir?", trällert die übermotivierte Ella direkt. Sofort muss ich grinsen und begrüße sie ebenfalls, wobei ich versuche, möglichst heiter zu klingen. Doch die Mühe hätte ich mir ersparen können. Ich weiß, dass Ella ohnehin mit einer noch etwas müden Nora gerechnet hat und es daher nicht auffällt, wenn ich mit meinen Gedanken an einem ganz anderen Ort bin. Dass es daher nicht auffällt, wenn Brandons Blick vom letzten Freitag noch immer auf meiner nackten Haut klebt und mir sein pures Mitleid offenbart.

„Heute Lust auf ein gemeinsames Mittagessen? 12:00 Uhr *Pizzeria Italia*?", höre ich Ella anschließend fragen. Dränge die Gedanken an Brandon wieder aus meinem Kopf. Ella ist nun wichtiger.

„Viel besser, danke! Auf jeden Fall. Olivia kommt auch?"

„Natürlich. Also bis dann, die Farbe ruft."

„Bis dann."

Lächelnd nehme ich das Gerät von meinem Ohr und beende den Anruf. Während ich mich frage, ob ich Ella schon einmal *nicht* überglücklich erlebt habe, checke ich kurz, ob irgendwelche neuen Nachrichten reingekommen sind. Spüre sofort das leichte Kribbeln in den Fingerspitzen, als mir der Name *Lewis_K* ins Auge sticht. *Er* hat mir geschrieben. Das fühlt sich zwar noch immer völlig absurd an, aber Nachricht für Nachricht gewöhne ich mich mehr daran. Genieße das Gefühl der Gelassenheit, wenn ich mir den nächsten Text oder das am besten passende Emoji überlege. Es beruhigt mich auf eine völlig neue Art und Weise. Und ja, ich kann Brandon dabei vergessen. Zumindest für ein paar Sekunden. Zumindest für einen klitzekleinen Moment.

„Guten Morgen, Kätzchen", lese ich und muss unwillkürlich schmunzeln. Er ist der Erste, der mir diesen Spitznamen gegeben hat. „Wegen Whisper, weißt Du?", hat er als Erklärung direkt folgen lassen. Hat mich damit zutiefst berührt. Eine solche Aufmerksamkeit ist mir nämlich schon lange nicht mehr widerfahren. Ja, ich genieße es in vollen Zügen. Habe es sogar das ganze Wochenende über total genossen. Wir haben immer wieder geschrieben. Total entspannt, zwanglos und ehrlich.

„Hey", antworte ich mit einem so unheimlich guten Gefühl im ganzen Körper, dass meine Mundwinkel keine Anstalten machen, in ihre ursprüngliche Position zurückzukehren. Das Lächeln bleibt. Und ich versuche, es in vollen Zügen zu genießen.

„Was machst Du heute Schönes?"

„Na arbeiten – meine Besucher möchten neue Bücher ausleihen. Und Du?"

„Ich habe mir heute freigenommen. Fitness, Backen und im Garten für Ordnung sorgen sind angesagt. Gibt immer einiges zu tun bei mir. Ach, und am Mittag treffe ich seit Langem wieder einmal meinen Bruder – wir wollen zusammen etwas essengehen."

„Klingt toll."

Dass ich hauptberuflich in einer Bibliothek arbeite, habe ich Lewis ja bereits geschrieben. Auch dass ich sie von meinen Eltern übernommen habe und seitdem selber führe, weiß er. Nur, dass sie in Melbane steht, habe ich mich noch nicht preiszugeben getraut. Dass ich sogar in Melbane wohne, schon gar nicht.

Von seinem geschäftlichen Alltag weiß ich leider noch nicht sehr viel. Es sei momentan sehr kompliziert, hat er geantwortet, als ich ihn darauf angesprochen habe. Und weil ich auf solche Ausweicher generell nicht gerne noch einen unnötigen Kommentar hinterlasse, habe ich nicht länger nachgehakt.

„Hast Du auch einen Garten?", fragt er mich in diesem Moment.

„Nein. Ich bin zufrieden mit den kleinen, pflegeleichteren Pflänzchen in meiner Wohnung. Zu mehr bringt es mein absolut nicht grüner Daumen leider nicht, weißt Du. Auch wenn sehr gerne einen hätte."

Ein lächelndes Emoji taucht binnen kürzester Zeit auf meinem Bildschirm auf, gefolgt von den Worten „Vielleicht kann ich es Dir eines Tages zeigen?" und ich will direkt reagieren. Realisiere allerdings in dem Moment, wie mich zwei Augenpaare ununterbrochen anstarren.

Schnell verlasse ich die Dating-App, damit Lewis augenblicklich angezeigt wird, dass ich nicht mehr online bin, schalte das Smartphone aus und richte meinen Blick auf die Nachbarszwillinge Ruby und Charlotte, welche beinahe jeden Tag bei mir vorbeikommen. Ob mit ihren Eltern oder ihren Großeltern, sie leihen sich immer mindestens eine große Stofftasche voller Kinderbücher und Kassetten aus. Komischerweise bringen sie diese am darauffolgenden Tag immer direkt wieder zurück. Ob sie überhaupt alle Bücher lesen beziehungsweise durchschauen, war mir von Anfang an ein Rätsel, aber mir soll es recht sein. Immerhin tragen ihre Eltern mit dem obligatorischen Jahresbeitrag, der sie berechtigt, Bücher auszuleihen, und einer jährlichen großzügigen Spende gehörig zum Überleben der Bibliothek bei.

„Nora, hast du «Das kleine Känguru» hier? Wir finden es nicht", sagt Ruby, während Charlotte die Worte ihrer Schwester mit einem kräftigen Schulterzucken und immer größer werdenden Augen unterstreicht.

„Lasst mich kurz überlegen", sage ich, kneife meine Augen kurz zusammen, während ich meinen Blick zur Decke richte, und ergänze dann: „Ich glaube, das ist momentan bei einer anderen Familie zu Hause. Aber ich kann es gerne für euch reservieren und euch Bescheid geben, sobald es wieder bei mir ist, okay?"

Unverzüglich nicken die beiden Mädchen heftig und wenden sich wieder ihrer Suche nach noch unbekannten Büchern zu. Ach, wie ich diese zwei Mädchen liebe. Allgemein mag ich Kinder sehr. Sie spielen sich alle so sorgenlos durch ihr Leben. Sie zerbrechen sich nicht stundenlang den Kopf über irgendwelche belanglosen Entscheidungen. Sie sagen meist überaus ehrlich und direkt, was sie denken. Und sie versöhnen sich nach einem Streit mit ihren besten Freunden oder Freundinnen so schnell wieder, wie es wahrscheinlich eine erwachsene Person noch nie getan hat. Sie *leben* einfach. Auf eine Art und Weise, wie auch ich es gerne wieder einmal machen würde.

Ohne *ihn*.

Ohne Brandon.

Ohne diese erdrückenden Taten.

Ohne diese übermächtigen Gedanken.

Ohne diese schreckliche Angst.

Aber wer weiß, wann Brandon das nächste Mal zu mir kommen wird. Dieses Wochenende ist er nicht aufgetaucht, obwohl ich zwei ganze Tage zu Hause war. Vielleicht ist er für kurze Zeit verreist? Oder hatte einfach keine Lust? Oder wollte mir einfach mal eine Verschnaufpause gönnen? Nein, das glaube ich nicht. Zwar verwirren mich seine würdigenden und mitleidigen Blicke noch immer, aber die Tatsache, dass er mich noch immer vergewaltigt, zählt ja wohl. Wenn ich ihm leidtun würde, hätte er die Sache doch schon längt beendet und hätte sich eine andere Frau gesucht. Oder sehe ich das falsch? Lässt so ein Vergewaltiger nie von einem ab, bis man sich so richtig wehrt oder einfach vollends zerstört ist?

Hunderte von Fragen – nein, noch viel mehr – und doch keine einzige Antwort. Ich spüre, wie sich in meinem Kopf ganz langsam leichte Kopfschmerzen ausbreiten. Zuerst spüre ich sie in Form eines leichten Ziehens im Bereich der Schläfen, doch schon bald ziehen sie über die Seite immer mehr hinter die Stirne und verwandeln sich in einen so starken Druck, dass ich Angst kriege, sie würden meinen Kopf in zwei Teile zerlegen. Dass ich daraufhin so kräftig wie möglich über meine Stirne streiche und die Schmerzen so zu vertreiben versuche, nützt absolut nichts.

„Ich hätte gerne eine Cola und eine Pizza Prosciutto", sage ich drei Stunden später – die Kopfschmerzen konnte ich durch eine Schmerztablette zum Glück ein wenig lindern – zur netten Kellnerin zu meiner Rechten. Ella schließt sich mir an und Olivia bestellt eine kleine Pizza Vegetariana und dazu fünf Deziliter Wasser mit Kohlensäure, während sie sich gedankenverloren über ihre Hüfte streicht.

„Na, wieder einmal auf Diät?", stichelt Ella augenblicklich.

„Ne, aber man darf sich doch wohl einfach mal ein wenig gesünder ernähren, oder etwa nicht?", gibt Olivia zurück und formt mit ihren Lippen einen Schmollmund. Im Gegensatz zu mir und Ella hat sie etwas mehr auf den Rippen und hat immer mal wieder Phasen, in denen sie versucht, möglichst auf Kalorien zu verzichten. Dies funktioniert allerdings meist nicht so richtig, da Olivia einfach zu gern isst.

„Ach, lass sie, Ella!", sage ich daher bestimmt und versuche Olivia mit einem kleinen Stoß gegen ihren Unterarm etwas aufzumuntern. „Lass uns jetzt nicht streiten. Erzählt lieber, wie weit ihr mit der Planung von unserem gemeinsamen Urlaub seid!!"

„Oh, dieser für deine Eltern?", fragt Olivia sofort und ich nicke. „Ooooh, da kannst du dich auf etwas freuen. Wir stecken zwar noch mitten in der Planung, aber es wird grandios, das kann ich dir versichern. Wir lassen alle unsere Kontakte spielen", sagt Ella mit einem verschmitzten Lächeln im Gesicht.

„Wann startet er denn?"

„In genau einer Woche."

Augenblicklich verspüre ich ein leichtes Kribbeln in meiner Magengrube. Zügig breitet sich dies im ganzen Körper aus, bevor ich es aufhalten kann. Ist es Vorfreude oder Nervosität? Freue ich mich einfach nur auf die gemeinsame Zeit mit meinen zwei besten Freundinnen oder steckt die Angst vor Brandon so tief in meinen Knochen, dass ich mich sogar im Urlaub von ihm fürchte? Verfolgt er mich wirklich überallhin?

Ich denke schon.

Leider ja.

Er ist überall.

Sogar *hier*.

In der Pizzeria.

Nur zehn Meter von mir entfernt.

Dies merke ich in diesem Moment, als ich mich nach dem Essen kurz auf die Toilette verziehen möchte. Als ich mich kurz bei Ella und Olivia entschuldige, meinen Stuhl etwas zu laut zurückschiebe und aufstehe. Mich leicht nach links drehe, drei Schritte vorwärtsgehe und *ihm* dann direkt in die Augen blicke. In *seine* dunklen, braunen Augen, die meinen Körper zuerst ganz finster mustern, ihn dann aber von einer Sekunde auf die andere ganz interessiert beobachten. Keine Gier. Keine Lust. Einfach Interesse. Interesse daran, was ich mache. Wie ich mich bewege, wie ich blicke.

Ich bleibe abrupt stehen, spüre die Gänsehaut, die sich Zentimeter für Zentimeter auf meinem gesamten Körper ausbreitet, und realisiere, wie die Angst Schritt für Schritt immer tiefer in jede Faser meines Körpers kriecht. Aber da empfinde ich noch etwas – eine unglaubliche Wärme, im gesamten Körper. Und für einen kurzen Moment denke ich zu glauben, diese Wärme fände ihren Ursprung in diesen dunklen, braunen Augen.

In Brandons Augen.

Er war heute in der Pizzeria!", sage ich exakt sechs Stunden später zu Miss Kicket, während sie mir einen Holunderblütensirup mit Pfefferminzblättern und Eis in die Hand drückt. Diesen würdige ich allerdings keines Blickes, kann Miss Kickets Reaktion kaum abwarten.

„Brandon?", fragt sie überrascht. Etwas zu überrascht, doch ich realisiere es nicht.

„Ja, Brandon!", erwidere ich energisch.

„Ach, ja?"

Ich nicke niedergeschlagen.

„Was tut der denn da?", will sie weiter wissen.

„Das weiß ich doch nicht. Vielleicht spioniert er mich aus. Tag und Nacht. Damit er sich den nächsten Besuch überlegen kann. Er ist ja das ganze Wochenende über nicht gekommen."

„Das glaube ich nicht", verwirft sie meine Idee sofort wieder. Schüttelt den Kopf so stark, dass ich eigentlich einmal mehr merken müsste, dass sie viel mehr weiß, als sie sagt.

„Warum denn nicht? Das würde ich auch so machen, wenn ich ihn wäre."

„Ach, ich denke, das war ein reiner Zufall. Du wirst sehen."

Oh – diese Worte rütteln mich wach. Sofort blicke ich Miss Kicket in die Augen. Rufe mir ihre Worte und Gesichtsausdrücke noch einmal ins Gedächtnis und realisiere, dass sie mir gerade wirklich erste Beweise dafür geliefert hat, dass hinter Brandon viel mehr steckt, als ich es vermute. Aber ich kann nicht mehr. Will nicht diskutieren. Will nicht streiten. Will einfach nur hier sitzen, meinen Holunderblütensirup trinken und ins Leer starren. Den Punkt an der Wand zwar sehen, aber nicht wissen, wo er sich befindet. Ihn mit meinen Augen zwar fixieren, aber gleichzeitig ins Nichts blicken. Ich will einfach still sein. Kein Wort aus meiner Kehle springen lassen. Nicht überlegen, welche Sätze in welcher Stimmlage nun die bessere Wirkung erzielen. Will meinen Ohren meine erbärmliche Stimme nicht antun. Will mein Gesicht zu keiner Miene verziehen. Will meinem Körper keine Kraft entlocken, die er eigentlich für andere Dinge brauchen könnte.

Ich will hier sein und doch lieber weit weg.

Will leben und doch sterben.

Atmen und doch ersticken.

Kapitel 8

Noch sechs Tage, dann bin ich meinen Eltern endlich wieder einen Schritt näher. Dann sind sie in meinem Herzen wieder so präsent, wie sie es waren, als sie noch lebten. Als ich ihre Berührungen auf meiner Haut noch spüren und ihre Stimmen in meinen Ohren noch hören konnte. Ja, als sie mir noch sagen konnten, was ich tun und was ich lieber sein lassen sollte. Als sie noch mit mir in die Ferien, ins Kino und über den Mittag in ein Restaurant gehen konnten. Als sie ihre eigene Bibliothek noch selbst führen und damit ein ganzes Dorf auf wunderbarste Art und Weise bereichern konnten. Denn so wie sie kann es niemand. Nicht einmal ich, ihr eigen Fleisch und Blut, ihre Tochter. Auch wenn ich mein Bestes gebe.

Sie fehlen mir. So unheimlich stark, wie ich es mir niemals hätte vorstellen können. Ich hatte immer geglaubt, seine Eltern würde man schon nicht vermissen. Man könne ja dann endlich selbstständig leben und müsse auf niemanden mehr schauen. Ja, man würde dann doch endlich seine eigenen Entscheidungen treffen können und nur die Dinge unternehmen können, die man will. Aber so ist es nicht. Nein, überhaupt nicht. Zumindest nicht, wenn sie dir so unerwartet plötzlich aus dem Leben gerissen wurden. In noch so jungen Jahren. Sie fehlen dir an jedem einzelnen Tag. Du vermisst ihre Erfahrungen, ihre Ratschläge, ihre Weisheiten. Du vermisst die Kontrolle, die sie immer über alles hatten, und die Hilfe, die sie dir stets anboten. Du vermisst ihren Geruch, ihre Stimme, ihre Körperhaltung. Ihren Gang, ihre Geräusche, ihre Gewohnheiten. Einfach alles.

Denn sie sind einfach nicht mehr da. Sie werden dir innerhalb von wenigen Stunden, Minuten oder sogar Sekunden entzogen. Für immer. Und du kannst nichts dagegen unternehmen. Du kannst einfach nur zuschauen und es zu akzeptieren versuchen.

Aber nein, das gelingt dir nicht, glaube mir.

Du hast keine Chance.

Ich hatte keine Chance.

Das Schicksal hat entschieden.

Ohne Vorwarnung.

Einfach so.

Nun bin ich alleine.

„Hey Du. Gibt es so etwas wie ein magisches Geheimrezept gegen übernatürliche Sehnsucht?", tippe ich in mein Smartphone und sende die Nachricht noch während desselben Atemzuges an Lewis. *„Vielleicht hilft ja etwas Ablenkung"*, denke ich mir. Denn der heutige Tag hat mir ganz schön viel abverlangt. Ich stand den ganzen Tag in der Bibliothek und habe diverse Kunden beraten. Habe sie über Stephen King, J. K. Rowling und Nicolas Sparks informiert und die wichtigsten Handlungen von *Selection*, *Stand by Me* und *The Whistler* zusammengefasst. Habe ihnen Tee oder Kaffee gemacht, mit ihnen den neusten Tratsch ausgetauscht und ihre Kinder ein wenig unterhalten. Vor einer halben Stunde habe ich mich dann dazu entschlossen, Feierabend zu machen, und sitze mittlerweile zu Hause an meinem Esstisch und versuche die Reste von meinem Mittagessen zu essen. Blicke gespannt auf mein Smartphone und sehe dann, wie direkt über dem Feld, in das man seine eigenen Nachrichten schreiben und dann absenden kann, eine kleine Sprechblase mit drei Punkten darin auftaucht. Er schreibt! Und im Nullkommanichts fühlt sich mein Körper so an, als wäre ich, ohne ihn vorher an die Temperatur zu gewöhnen, in einen Pool mit eiskaltem Wasser gesprungen. Mein Herz setzt für eine Sekunde aus und eine eiserne Gänsehaut überzieht meine nackten Arme. Ich zittere am ganzen Körper. Vergesse mein Essen vor mir.

„Sehnsucht nach einer verstorbenen Person? Damit abschließen und sich auf die Suche nach neuen Lebenswegen machen!"

Gierig lese ich seine Worte, doch meine innere Stimme sagt mir sofort, dass das nicht möglich ist.

„Doch was, wenn Dich längst neue Schatten eingeholt haben und Du keine Kraft hast, nach neuen Lebenswegen zu suchen?"

„Damit es einen Schatten geben kann, braucht es immer eine Sonne, richtig? Konzentriere Dich auf das Positive und Du wirst sehen, dass sich alles zum Guten wenden wird. Du musst nur in die richtige Richtung schauen!"

Ich stutze. Wie soll ich denn das tun? Wie soll ich die unzähligen Vergewaltigungen der vergangenen Wochen einfach in den Hintergrund drängen und mich auf alles andere konzentrieren? Was gibt es schon Positives in meinem Leben? Miss Kicket verheimlicht mir seit Tagen die Wahrheit, meinen Freundinnen traue ich nicht einmal die harte, bittere Wahrheit zu erzählen und ein weiteres Mitglied existiert in meinem engsten Familienkreis nicht. In der Bibliothek gibt es momentan kein größeres Projekt, das mir eine genügend große Ablenkungsfläche bieten könnte, ein Haustier habe und will ich nicht und ich betreibe auch kein Hobby, das mir einen so großen Motivationsschub verpassen könnte, dass ich aus meinem tiefen Loch der Verzweiflung klettern könnte.

„Auf was soll ich mich denn schon konzentrieren? Ich habe nicht mehr viel Positives in meinem Leben …"

„Auf Dich."

„Auf mich?"

„Ja, auf Dich. Versuch's mal! Schalte hier und jetzt Dein Smartphone aus und achte nur auf Deine innersten Bedürfnisse. Du wirst merken, was Du willst, was Dir Freude bereitet. Du wirst merken, wie viele wunderbare, positive Dinge Du in Deinem Leben hast. Glaub mir!"

Ich schlucke – zwei Mal. Und versuche mich auf meine Atmung zu konzentrieren. Denn diese hat während des Lesens seines tiefgründigen Ratschlages komplett ausgesetzt. Was soll ich jetzt tun? Seinen Rat befolgen und mir *meine* Zeit gönnen? Einfach die Beine hochlegen, eine Packung Chips öffnen und einen meiner Lieblingsfilme ansehen? Oder hat es sowieso keinen Sinn? *Kann* ich mich gar nicht mehr entspannen, weil ich ohnehin bei jedem Atemzug Angst habe, Brandon könne in meine Wohnung platzen und mir den ganzen Moment zerstören? Mir die hart erkämpfte Ruhe direkt wieder nehmen? Mich ohne Worte ein weiteres Mal auf grausamste Art und Weise auf den harten Boden der Realität zurückholen?

Nein, ich will diese Angst nicht mehr fühlen. Ich will nicht, dass Brandon mich – zumindest das, was von mir übrig geblieben ist – ganz zerstört. Ich will mich wehren. Doch die Frage ist, wie? Wie soll ich mich gegen einen Menschen wehren, der mich auf ganzer Linie im Griff hat? Der mich verfolgt, kontrolliert und verändert? Der mich vergewaltigt?

„Ich werde vergewaltigt."

Das klingt so surreal. Als würde ich über eine andere Person sprechen. Nicht *ich* werde vergewaltigt, sondern mein Körper. Das Stückchen Haut und Knochen, das mein Herz und meine Seele umgibt. Ich als Ganzes existiere gar nicht mehr.

„Ich weiß nicht, ob ich das noch kann", tippe ich mit eiskalten Fingern langsam auf der Tastatur meines Smartphones und schmeiße dieses dann völlig entmutigt vor mich auf den Tisch. Tief in meinem Inneren kommt eiskalte Wut auf. Schritt für Schritt nimmt sie immer mehr Raum meines Körpers ein, schleicht sich in jede einzelne Pore. Mich dagegen zu wehren, versuche ich schon gar nicht. Ich habe so oder so keine Chance. Denn auch die Tränen suchen sich ihren Weg. Ohne mich zu fragen oder mir wenigstens Zeit zu lassen, mich vorher zu beruhigen. Aber eigentlich bin ich ja froh um die Tränen. Sie geben mir das Gefühl, noch zu leben. Noch irgendwie hier zu sein. Und das nicht nur nach den Vergewaltigungen. Nein, auch einfach so. Wenn zu viele Gedanken in meinem Kopf herumschwirren, schwemmen meine Tränen diese hinaus. Filtern sie. Sorgen dafür, dass ich wenigstens wieder irgendetwas tun kann. Wenigstens für einige Stunden wieder einen klaren Kopf habe, bevor mich alles wieder von vorne einholt. Mit voller Wucht.

Ich zucke zusammen, als mein Smartphone vibriert. Der sonst vollkommen dunkle Bildschirm leuchtet auf, ich wische mir meine Tränen so schnell wie möglich aus dem Gesicht und werfe einen Blick darauf.

„Bestimmt, Nora. Spiel Dir nichts vor … Du musst Dir nur genügend Zeit lassen, um Dich selbst wiederzufinden. Um zu merken, dass Du auch alleine ein wunderbares Leben führen kannst. Zwar ohne Deine Eltern, aber für sie."

In meinem Körper beginnt erneut alles zu kribbeln. Wie schafft er es nur, genau die Stellen zu erwischen, die in mir am meisten bewegen? Die mich am stärksten treffen und beeinflussen? Denn ja, wenn ich mir das so überlege, spiele ich mir wirklich mein gesamtes Leben nur vor. Ich sage mir stets, es sei alles in Ordnung und ich würde schon irgendwann wieder aus diesem Loch kommen. Ich rede mir ein, ich komme mit dem Tod meiner Eltern klar, doch in Wirklichkeit verfolgt er mich in jeder Nacht. Und wenn er es nicht ist, sind es die Vergewaltigungen. Ich schlafe und esse kaum noch, weine stattdessen stundenlang. Doch nach außen hin bin ich glücklich. Tue jedenfalls so. Jeder einzelnen Person, der ich gegenübertrete, spiele ich vor, glücklich zu sein. Gehe auf Witze ein, spreche über das schöne, immer sommerlicher werdende Wetter und arbeite hoch konzentriert. Und das seit knapp zwei Jahren. Von Montag bis Freitag, von Januar bis Dezember – und das Ganze wieder von vorne. Das kann doch nicht sein?! Ich muss mir selbst mehr Zeit lassen. Ich muss mit dem Tod meiner Eltern komplett abschließen, um dann wieder herauszufinden, wie ich mich wirklich fühle. Was ich wirklich möchte und was sich wirklich verändern muss. Mit welchen Menschen ich meine Zeit verbringen möchte, welche Hobbys ich ausüben möchte und was ich zu Mittag und Abend kochen will. Es ist alles eine Sache der Bedürfnisse. *Meiner* Bedürfnisse, nicht der Bedürfnisse meiner Einbildung oder gar meiner Angst.

„Lass es mich versuchen!", antworte ich Lewis, gehe in derselben Sekunde offline und schalte mein Smartphone aus – vollständig. Beginne mir Gedanken zu machen. Schritt für Schritt, sodass es mich nicht zu sehr überfordert. Ich starte mit meinen täglichen Aufgaben, Abläufen und Routinen, meinen ungefähren Arbeitszeiten und meiner üblichen Essens- und Schlafenszeit. Nehme mir einen großen Notizblock und meinen orangenen Lieblingsstift zur Hand und beginne, alles ungefähr in einen Wochenplan zu packen. Dann mache ich das, dann dies und zu dieser Zeit dann jenes hier. Es tönt banal, aber funktioniert. Mein Tag kriegt Struktur. Und obwohl ich kurz daran denke, die Vergewaltigungen auch in den Plan miteinzubeziehen, bleibe ich stark und schiebe den Gedanken sofort wieder aus meinem Kopf. Wie würde das denn aussehen?!

„Ich werde ab jetzt nicht mehr vergewaltigt", sage ich mir, bevor es mit meinen Zielen, Wünschen und Ambitionen weitergeht. Die-

se führe ich auf der nächsten Seite mit meiner Lieblingsschrift untereinander auf. Kann selbst kaum glauben, was anschließend alles auf dem weißen Papier steht, aber nehme mir fest vor, alles zu erreichen. Komme, was kommen mag.

Ich schreibe und schreibe und schreibe. Finde kaum ein Ende, es kommen mir so viele Gedanken in den Sinn. Sie alle aufzuschreiben, wäre ein Ding der Unmöglichkeit. Aber nach ungefähr zweieinhalb Stunden schließe ich mein Notizbuch mit einem tiefen Seufzer und werfe einen unheimlich stolzen Blick drauf.

In sechs Tagen wird alles wieder gut.

Hoffe ich jedenfalls.

Es muss einfach!

Kapitel 9

Zuerst höre ich nur einen weit entfernten, dumpfen Schlag, gefolgt von einem kaum hörbaren Piepsen. Dann einige leichte Schritte und daraufhin ein Geräusch, das klingt, als würde man mit dem Fuß eine schwere Kartonkiste auf einem Steinboden umherschieben. Ohne wirklich darüber nachzudenken, was dies heißen könnte, vertiefe ich mich wieder in die Buchstaben vor meinen Augen. Weil, ja, ich habe mich seit Monaten wieder einmal dazu überwunden, ein Buch zu lesen. Aber nicht irgendein Buch, nein, mein absolutes Lieblingsbuch: *Blind Life*. Mit der Absicht, bereits heute eines meiner Ziele zu erreichen, die ich mir gestern gesetzt habe. Und wirklich, es klappt – ich komme in dieser Sekunde zum neunten Kapitel. Wie immer hat mich das Buch von der ersten Seite an in seinen Bann gezogen. Jetzt eine Pause einzulegen, kommt überhaupt nicht infrage.

Doch dann dringt auf einmal ein metallisches Klicken an mein Ohr und ich stutze. Horche angestrengt in die Stille meines Wohnzimmers und höre zu meinem Entsetzen, wie sich im Schloss meiner Türe langsam ein Schlüssel dreht. Wer könnte das so spät noch sein? An einem Mittwochabend? Meine beiden Freundinnen sind mittwochabends eigentlich immer im Fitnessstudio und Miss Kicket treffe ich meist dienstags, was es relativ unwahrscheinlich macht, dass sie mich heute bereits wiedersehen möchte.

Schnell greife ich nach meinem Lesezeichen, lege es zwischen die beiden aktuellen Seiten und schließe es dann. Schiebe das Buch sodann auf den Couchtisch vor mir, während ich meinen Körper langsam in eine aufrechte Position bringe und meine Hände nervös über meine Oberschenkel reiben. Ich traue mich kaum zu atmen. Zu groß ist meine Angst, ich könnte ein wichtiges Geräusch überhören. Ein Geräusch, das mir zeigt, dass sich jemand Zutritt zu meiner Wohnung verschafft hat, den ich eigentlich gar nicht hier haben möchte. Doch was ich dann höre, beruhigt mich sofort.

„Nora, bist du hier?"

Wenn *er* es gewesen wäre, hätte ich nichts gehört.

Er hätte nicht gesprochen.

Kein einziges Wort.

„Ja", antworte ich schnell, wobei ich versuche, ganz ruhig zu klingen. Schließlich ist alles in Ordnung, versuche ich mich selbst zu überzeugen. Stehe dann auf und gehe meiner besten Freundin Olivia mit schnellen Schritten und etwas irritiertem Blick entgegen. Diese hat sich bereits ihre Jacke von den Schultern gestreift, ihren Schuhen einen Platz vor meinem weißen, hohen Schuhgestell zugewiesen und steht nun in ihren langen, schwarzen Tights und ihrem orange-weiß gestreiften Sportoberteil vor mir. Warum sie nicht mit Ella im Fitnessstudio ist, frage ich natürlich unverzüglich: „Was machst du hier? Ist heute kein Fitnesstraining?"

„Doch, aber ein bisschen später als sonst. Daher dachte ich, ich bringe dir das hier noch kurz vorbei …", erwidert sie und hält mir eine rechteckige, durch einen langen Reißverschluss verschlossene Plastiktasche vor die Nase.

„Was ist denn das?", will ich wissen und versuche einen Blick in die Tasche zu erhaschen. Doch sie sagt mir sofort, dass die Tasche erst am nächsten Morgen aufzumachen sei. Es sei eine kleine Überraschung für mich. Dass sich die Vorfreude auf unseren Ausflug mit jedem Tag ein wenig vergrößern könne. Was in der Tasche sein könnte, ist mir von Beginn ihrer Erklärung an ein Rätsel. Was könnte schon in dieser Tasche sein, dass die Vorfreude steigern könnte?

„Meint ihr, ich kann die Tasche so lange in Ruhe lassen? Ihr wisst, wie neugierig ich sein kann …"

„Ja, Nora, du schaffst das. Wir glauben an dich. Also, ich muss. Bis bald, ja?"

„Ja, bis bald. Trainiert gut!"

Rasch schließe ich sie liebevoll in meine Arme und nicke ihr möglichst zuversichtlich zu. Als Zeichen, dass es mir momentan ziemlich gut geht, dass sie und Ella sich keine Sorgen zu machen brauchen. Ihre Reaktion ist ein breites Lächeln, das mir verrät, dass sie es Ella sagen wird und sie sich beide sehr darüber freuen. Und so ist Olivia auch schon wieder verschwunden. Ganz auf ihre spontane und doch bedachte Art.

Ohne viel Zeit vergehen zu lassen, schnappe ich mir die breiten Henkel der überraschenderweise doch eher leichten Tasche und schiebe sie etwas zur Seite. So vergesse ich morgen sicherlich nicht, einen Blick hineinzuwerfen, aber sie wird mir heute nicht jede Minute ins Auge stechen und meine Neugierde unnötigerweise steigern. Anschließend setze ich mich schnell wieder auf mein Sofa, decke meine Beine zu und nehme mir erneut mein Buch zur Hand. Klappe dieses so schnell wie möglich auf und versinke alsbald in die wunderbar packende Geschichte der blinden Protagonistin Emily Marley ...

... bis ich erneut durch ein ungewohntes und doch bekanntes Geräusch gestört werde. Es ist kaum zu hören und doch unüberhörbar. Ganz weit weg und doch ganz nahe. Ich beginne zu zittern. Spüre, wie sich die Angst aufs Neue Zentimeter für Zentimeter in meinen Körper gräbt. Und ohne, dass ich es wirklich merke, hat sie schon bald meinen ganzen Körper eingenommen. Doch ich will stark sein. Mich vor nichts und niemandem mehr fürchten.

Einfach leben.

Doch *er* ist da anderer Meinung.

Ich kann kaum mein Buch zur Seite legen, da steht er bereits vor mir. Seine dunkelbraunen Augen haben mich sofort entdeckt und versetzen meinen Körper wie immer in eine Art Schockstarre. Ich kann und will mich nicht mehr bewegen. Ich habe gedacht, er würde nie mehr in meine Wohnung kommen. Habe gedacht, ich hätte endgültig mit dieser ganzen Sache abgeschlossen und könnte mich nun wieder mehr auf mich selbst konzentrieren. Warum, ist mir selbst noch nicht klar. Meine Gedanken haben keine Chance, sich zu verankern. Sie schwirren vollends unkontrolliert in meinem

Kopf umher. Ein Gedanke hier, der andere dort. Kein Muster, keine Regelmäßigkeit. Nicht einmal dasselbe Ziel.

Brandon kommt einen Schritt auf mich zu, verändert seinen Gesichtsausdruck jedoch in keiner Weise. Starrt mit kaltem und gierigem Blick auf mich hinab. Als würde er sich sogleich mit voller Wucht auf mich stürzen. Als würde die Lust in ihm im nächsten Moment zu stark werden, als dass er sie noch unter Kontrolle halten könnte. Er will mich einmal mehr vergewaltigen. So simpel es klingt, so weh es tut. Ich spüre, wie sich der Schmerz ganz langsam und qualvoll mit der Angst vermischt. Traue mich kaum, ihm in die Augen zu sehen, denn es würde meine Gefühle nur verstärken. Und das würde mich töten. Meine einzige Hoffnung war, seine Taten so weit von mir fernzuhalten, dass er nur meinen Körper bekommt. Meinen Geist darf ich nicht auch noch verlieren. Ich muss wenigstens ein paar Stunden nach den Vergewaltigungen wieder klar denken können. Für die Bibliothek. Für meine Eltern. Für meine Freundinnen. Für Miss Kicket. Ich muss einfach.

In diesem Moment zeigt Brandon wortlos mit seiner linken Hand auf meine Schlafzimmertüre. Nickt mir kurz zu und macht mir dann genügend Platz, sodass ich gut neben ihm durchgehen könnte. Ich stehe auf und bringe meine Beine langsam dazu, in seine Richtung zu gehen. Doch irgendetwas sagt mir, ich sollte es lieber sein lassen. Ich will mich ihm nicht unterwerfen. Wenn er mich will, soll er mir dies schon deutlicher zeigen. Ich bleibe also stehen. Vergesse allerdings völlig, was er tut, wenn ich mich zu wehren beginne. Vergesse, dass es viel weniger schlimm ist, nachzugeben, als einfach zu tun, was er von mir verlangt. Nun kommt er nämlich einen großen Schritt auf mich zu, richtet sich vor mir auf und spannt seine gesamte Oberkörpermuskulatur an. Ohne genauer hinschauen zu müssen, weiß ich, dass sich sein Blick währenddessen nur noch mehr verdüstert hat. Sofort überkommt mich ein kalter Schauer. Aber ich will nicht nachgeben. Und dies soll er bloß zu spüren bekommen. Er soll merken, dass ich nicht mehr länger das Vergewaltigungsopfer sein möchte. Er soll merken, dass jetzt Schluss ist.

Doch gerade als dieser Gedanke seinen planlosen Weg durch mein Gehirn findet, kommt Brandon schnurstracks auf mich zu und schubst mich unsanft auf das Sofa. Gibt mir keine Chance, seinen eiskalten Händen auszuweichen oder gar den Sturz in irgendeiner Weise abzufedern. Seinen Oberkörper befreit er daraufhin so ruckartig von seinem schwarzen Hoodie, dass meine Augen der Bewegung kaum folgen können. Doch bevor er sich an meinen eigenen Kleidern zu schaffen macht, richte ich mich auf, ziehe meine Beine an und versuche ihm so ein weiteres Zeichen zu geben, dass ich mich ihm nicht einfach so hingeben möchte. Er hält kurz inne und blickt so tief in meine Augen, dass mir augenblicklich schwindelig wird. Wenige Atemzüge später beginnt sich alles zu drehen und ich reibe mir irritiert meine Augen. Sehe nur noch, wie er sich seine Hosen inklusive seiner Unterwäsche von seinen Beinen streift und sich dann vor mir auf das weiche Sofa kniet.

Und dann wird mir schwarz vor Augen.

Von ganz weit her nehme ich ein Rascheln wahr. Dann ein paar Schritte, worauf ein leises Stöhnen folgt. Ich habe absolut keine Ahnung, wo ich bin. Geschweige dann, was mit mir passiert ist. Wieder höre ich einige Schritte, dieses Mal etwas näher bei mir. Ich versuche meine Augen zu öffnen. Doch alles, was ich sehe, ist eine verschwommene Scheibe. Hier etwas rot, da etwas schwarz und mittendrin ein Lichtkegel, der alles um sich herum etwas erhellt. Ich stutze. Reibe mir vorsichtig meine Stirn, in der Hoffnung, ja keine Kopfschmerzen hervorzurufen. Doch ich spüre absolut nichts. Mein Körper scheint noch komplett taub zu sein.

„Nora?", höre ich auf einmal eine mir unbekannte, männliche Stimme sagen und zucke augenblicklich zusammen. Wer war das? Langsam hebe ich meinen Kopf und blicke fragend in die Leere.

„Bist du okay?", fragt mich die Stimme und ich nicke gedankenverloren. Was will diese Stimme von mir?

„Gut", höre ich. Und bevor ich mir weitere Gedanken machen kann, höre ich, wie sich die Person langsam von mir entfernt. Ich höre Kleider rascheln und Schlüssel klirren. Und dann vier Worte, die mich völlig aus dem Konzept bringen:

„Also dann, lebe wohl!"

Ich murmle einige unverständliche Worte vor mich hin und höre dann eine Türe ins Schloss fallen. *Meine Wohnungstür*", schießt mir sofort in den Kopf, denn seit wenigen Sekunden habe ich den Geruch meiner eigenen vier Wände in der Nase. Doch ich weiß noch immer nicht, in welchem Zimmer ich mich befinde. Fasse daher mit meiner linken Hand einmal neben mich und merke, dass ich liege. Und zwar auf einem sehr weichen Untergrund, der sich anfühlt wie eine Matratze. Nein, wie ein Sofa. *Mein* Sofa. Ich erkenne es anhand der Kissen neben meinem Körper. Ganz langsam richte ich mich auf und bringe meinen Körper Zentimeter für Zentimeter in eine sitzende Position.

Und auf einmal weiß ich es wieder. Der Gedanke taucht so schnell auf, als wäre er nie verloren gegangen: *„Brandon ist hier gewesen. Ich habe mein Bewusstsein verloren. Doch was ist dann passiert? Hat er mir etwas angetan? Hat er mich vergewaltigt? Ich habe keine Ahnung!"* Und genau diese Ahnungslosigkeit beginnt unmittelbar an mir zu nagen. Mittlerweile kann ich wieder etwas sehen, doch was bringt mir dies, wenn ich nicht einmal weiß, ob mich mein Vergewaltiger erneut unter Kontrolle hatte? Ich bin noch nie aufgrund seines Erscheinens bewusstlos geworden. Ich weiß nicht, ob er Manns genug ist, in dieser Ausnahmesituation zu wissen, dass das nicht fair wäre. Dass es nichts bringen würde, eine Frau zu nötigen, wenn sie nicht bei Bewusstsein ist. Aber was bringt es mir, darüber nachzudenken? Es werden keine Erinnerungen zurückkommen. Es bleibt nur diese nagende Ungewissheit. Und irgendwo dazwischen ist ein Gefühl, das mich vollends verwirrt. Irgendetwas sagt mir, dass er zum letzten Mal hier war. Schließlich hat er laut und deutlich „Lebe wohl" gesagt. Das sagt man doch nicht einfach so. Das sagt man nicht, wenn man vorhat, bei der nächstbesten Gelegenheit zurückzukommen und erneut zuzuschlagen.

Warum auch?

Er hat sich verabschiedet.

Er hat „Lebe wohl" gesagt.

Hoffentlich für immer.

Ich habe genug.

Kapitel 10

Ich sitze an meinem Esstisch und starre resigniert ins Leere. Dem Gemüseauflauf von Miss Kicket schenke ich keinerlei Aufmerksamkeit, obwohl er direkt vor meiner Nase steht und mich mit seinem unglaublich guten Duft verführen möchte. Aber ich weiß, mein Körper würde jetzt jegliche Nahrung ablehnen. Er hat die Energie, die er dadurch gewinnen würde, nicht verdient. Ich schäme mich. Ich schäme mich für mein Verhalten, für meine Taten, für meine Gedanken. Für meinen Körper. Für meinen Körper, den ich längst nicht mehr besitze. Ich schäme mich, zu existieren, so lächerlich es auch klingt.

Schnell richte ich mich etwas auf, straffe meine Frisur und decke den Gemüseauflauf vor mir wieder so zu, wie ihn mir Miss Kicket vor knapp einer Stunde in die Wohnung gebracht hat. *„Ich darf nicht wieder von meinem Weg abkommen"*, befehle ich mir in Gedanken. *„Ich muss stark bleiben. Ihm zeigen, wo es langgeht."* In derselben Sekunde sorge ich dafür, dass mich der Mut, den ich soeben gefasst habe, nicht direkt wieder verlässt, indem ich über mein Smartphone motivierende Musik aus meiner Musikbox ertönen lasse. Und wirklich, augenblicklich sucht sich diese zuerst den Weg durch meine Wohnung und dann unter meine Haut. Und zwar ohne Umwege. Sie bringt mich dazu, in meinem Kühlschrank nach einem Plätzchen für den Gemüseauflauf zu suchen, anschließend meinen Esstisch zu putzen und daraufhin direkt in meinem Schlafzimmer fortzufahren. Da säubere ich zuerst den Boden, miste anschließend meinen Kleiderschrank aus und räume ihn so ordentlich wie möglich wieder ein. Natürlich direkt auf den Sommer eingerichtet, sodass ich die kurzen Kleidungsstücke zuerst zu greifen bekomme und die dicken Winterpullover im hinteren, oberen Teil verstaut sind. Nachdem ich dann noch meinen hölzernen Nachttisch abgestaubt und die Bettwäsche in die Waschmaschine geworfen habe, mache ich mich an die Küche. Räume jedes einzelne Schränkchen aus, putze es mit einem feuchten Lappen und trockne es direkt wieder, bevor ich die Lebensmittel oder das vorher noch gereinigte Geschirr wieder einräume. Dann mache ich dasselbe noch mit meinem Kühlschrank, verpasse anschliessend meiner Kaffeemaschine den monatlich notwendigen Filterwechsel und entferne so gut es geht den Kalk am Wasserhahn und dem dazugehörigen Seifenspender. Und bevor die Leere meine innere Kraft wieder in die Tiefe fallen lassen kann, befiehlt die Musik meinen Muskeln, sich zum Schluss noch das Badezimmer vorzunehmen. Also schnappe ich mir die dafür nötigen Putzutensilien und beginne mit dem Lavabo und dem darüber hängenden Spiegelschrank. Entferne den gesamten Staub, die Seifenrückstände und die vielen Haare und putze den Spiegel darüber so viele Male, bis keine einzige Unreinheit mehr darauf zu sehen ist. Fahre alsbald mit der Dusche fort, staube kurz das danebenstehende Regal ab und komme zuallerletzt noch zur Toilette. Merke kaum, wie sehr ich mich damit an mein Limit bringe. Als ich einige Minuten später auf meinem Sofa sitze, um mich etwas zu beruhigen, ist mir speiübel. Seit zwei Tagen habe ich nichts mehr gegessen. Seit ich aufgrund Brandons letztem, plötzlichem Erscheinen in meiner Wohnung mein Bewusstsein verloren habe. Seit er mich derart überrascht und überfordert hat.

„Ein- und wieder ausatmen, Nora! Ganz langsam. Du schaffst das!", sage ich zu mir selbst. Versuche mich damit etwas zu beruhigen. Meine Mutter hat es damit zumindest immer geschafft. Aber ich bin nicht sie. Ich bin so viel weniger. Langsam fasse ich mir an meinen Bauch. Versuche ihm dadurch etwas Wärme zu spenden und ihm zu zeigen, dass alles gut ist. Aber mein Körper funktioniert nicht mehr richtig. Ja, man kann fast sagen, er ist kaputtgegangen. Er ist mir quasi zu Boden gefallen. Besser gesagt, Brandon hat ihn mir weggenommen und mit voller Wucht auf den Boden gepfeffert. Ohne dabei an mich zu denken. Ohne mich und meine Bedürfnisse in irgendeiner Form zu respektieren. Nein, es zählen einzig und allein *seine* Ansprüche.

„Hey Kätzchen, wie geht es Dir?"

Lewis_K reißt mich mit seiner Nachricht völlig abrupt aus meinen Gedanken. Ich konnte mich mittlerweile zwar ein wenig beruhigen, habe mein Fenster direkt über dem Sofa geöffnet und habe es sogar geschafft, ein ganzes Glas Wasser zu trinken, aber die schlechten Gedanken sind nicht abzuschalten. Lassen sich nicht abschütteln. Sie sind einfach hier. Sie verfolgen mich.

„Hey. Wenn ich ehrlich bin: Nicht wirklich gut. Aber lass uns lieber über Dich schreiben. Wie geht es Dir? Was tust Du gerade?", schreibe ich und lasse mich von dieser magischen Welle des Unbekannten packen. Es tut so unheimlich gut, dieses Interesse in mir zu spüren. Zu spüren, wie ich mich nach einer lockeren Unterhaltung mit ihm sehne. Mit ihm etwas Neues zu erleben und alles andere in den Hintergrund zu schieben.

„Ich bin gerade dabei, Bananen-Vanille-Cupcakes zu backen. Aber kein Problem, Schreiben und Backen klappt meistens sehr gut", schreibt er. *„Ich weiß momentan nicht so recht, wie es mir geht. Aber das Backen muntert mich meist auf. Was tust Du gerade?"*

„Ich sitze auf meinem Sofa …", schreibe ich. Traue mich nicht, allzu viel preiszugeben.

„… und?", fragt er jedoch sofort und berührt mich damit tief im Herzen. Ich weiß, dass es ihn wirklich interessiert. Dass er mir nicht einfach schreibt, damit er anschließend bei seinen Kumpels damit angeben kann. Auch nach zwei Tagen Schreibpause merke ich sofort, dass er sich um mich sorgt und mir augenblicklich helfen möchte, wenn er realisiert, dass mich etwas beschäftigt. Dies ist während keiner Sekunde zu überlesen.

„Lässt sich schwer beschreiben", antworte ich.

„Hm, ich würde Dir sehr gerne helfen. Traust Du Dich zu telefonieren?", fragt er und ich schnappe nach Luft. Traue ich mich das? Theoretisch kann ja nichts passieren.

„Denke schon", tippe ich, ohne mir viel Zeit zu geben, darüber nachzudenken.

„Also darf ich Dich über die Dating-App anrufen? Weißt Du, ich will Dich auf keinen Fall überfordern …", schreibt er und mein Herz droht

zu schmelzen. Noch nie habe ich einen solch vorsichtigen und besorgten Mann kennengelernt.

„Du darfst", schreibe ich kurz und bündig. Mit dem Gedanken, dass ich das Telefonat ja jederzeit beenden könnte, falls es mir zu viel werden würde. Und schon ertönt bei mir der Klingelton eines eingehenden Anrufes, ich nehme ihn, ohne zu zögern, entgegen, doch ich traue mich noch nicht, etwas zu sagen.

„Nora?", vernehme ich seine Stimme. Tief und wunderschön, mit einem leicht rauen Unterton. Zögerlich und doch ganz selbstbewusst Ich beginne zu zittern. Irgendwie kommt sie mir bekannt vor, aber bei so vielen verschiedenen Stimmen, die ich täglich in der Bibliothek höre, verwundert mich das nicht.

„Hey Lewis", gebe ich noch etwas zögerlich von mir, doch merke, wie sich die Muskeln in mir bereits ein wenig entspannen.

„Bitte brich das Telefonat sofort ab, falls du dich unwohl fühlen solltest, okay? Ich will dich wirklich nicht überfordern."

„Klar, das mach ich. Danke, ich weiß das wirklich sehr zu schätzen. Die meisten Männer sind in dieser Hinsicht ganz anders."

„Da sage ich wohl lieber nichts dazu, okay?", lacht er und ich muss unwillkürlich grinsen. Er hat ein sehr natürliches, ansteckendes Lachen. Auch wenn im Hintergrund immer wieder Besteck klirrt, Tüten zerknüllt oder Behälter geöffnet und wieder geschlossen werden, höre ich ihn klar und deutlich.

„Völlig okay", antworte ich anschließend und hoffe inständig, es möge nun keine unangenehme Stille entstehen.

„Also, über was möchtest du sprechen?", fragt er direkt und gibt der Stille damit überhaupt keine Chance, aufzutauchen, geschweige denn, peinlich zu werden.

„Puuh, was interessiert dich denn?", frage ich etwas planlos. Wie lange ist es wohl her, seit ich das letzte Mal so ein Gespräch geführt habe?

„Hm, beginnen wir mit etwas ganz Einfachem … Deine Lieblingsfarbe?"

„Orange."

„Dein Lieblingsessen?"

„Ist das eine Frage? Pizza natürlich!"

„Haha, okay, okay."

Ich muss grinsen. Frage ihn natürlich sofort nach seiner Lieblingsfarbe und nach seinem Lieblingsessen, worauf ich folgende Antwort zu hören bekomme: „Anthrazit und Meeresfrüchte, ganz klar!

Eine kleine Pause entsteht und ich realisiere, dass ich noch immer ein breites Lächeln auf meinen Lippen trage. Lewis macht mich glücklich, auf eine ganz lockere, ungewohnte Art und Weise. Eine Art und Weise, wie ich es nicht kenne. Oder besser gesagt, nicht *mehr* kenne. Ich wurde geprägt von einem gewissen Brandon Johnson. Für immer und ewig.

„So, aber lass uns jetzt über deine Gefühle sprechen. Okay? Willst du mir einfach einmal beschreiben, wie du dich gerade fühlst?", werde ich von Lewis aus meinen Gedanken gerissen. Verspüre augenblicklich eine leichte Nervosität aufkommen. Warum sollte ich mich ihm einfach so öffnen? Ich kenne ihn kaum. Aber vielleicht macht ja genau dies das gewisse Etwas aus. Ich muss es wohl einfach tun, um es zu erfahren.

„Versuchen kann ich es", beginne ich etwas unentschlossen. Suche angestrengt nach den richtigen Worten, welche sich regelrecht vor mir zu verstecken scheinen. „In mir herrscht ein ziemliches Chaos, wenn ich das so sagen darf. Ich habe mir nach deiner sehr aufbauenden, total motivierenden Nachricht anfangs dieser Woche sehr viel vorgenommen, mir neue Ziele gesetzt und mir wieder vor Augen geführt, wie wichtig es ist, immer zuerst auf sich selbst zu schauen. Aber es gibt da etwas, das mich wieder total aus der Bahn geworfen hat. Das mich wieder in die harte Realität zurückgezogen hat. Und ich habe absolut keine Ahnung, wie ich erneut auf den guten Weg kommen soll. Es fühlt sich so an, als ob mir bei jedem neuen Schritt ein weiterer Stein in den Weg gelegt wird. Aber nun sind es schon so viele Steine, dass sich daraus nur schwer ein Turm bauen lässt! Verstehst du, was ich meine?"

„Wow, Nora. Wie habe ich diese Ehrlichkeit nur verdient?", höre ich leise Lewis' Stimme. „Ist dir klar, dass ich dich für deine Offenheit sehr bewundere? Es tut mir leid, dass dir so etwas Schlimmes widerfahren musste. Ich habe leider keine Ahnung, wie ich dir helfen kann."

„Das freut mich zu hören. Ich weiß ehrlich gesagt nicht, warum ich dir, obwohl ich dich ja kaum kenne, so viel anvertraue. Aber ich denke, gerade weil du genug Distanz zu mir hast – oder wie auch immer man das bezeichnen soll –, fällt es mir sehr leicht. Und es tut gerade einfach gut, mit dir zu sprechen und mich etwas abzulenken. Damit hilfst du schon genug, glaub mir!"

„Das ist schön. Kannst du dich denn sonst noch irgendwie ablenken?"

„Ja, am Montag gehe ich mit meinen beiden Freundinnen eine Woche in den Urlaub – zu Ehren meiner Eltern."

„Oh, das klingt toll. Wohin geht es denn?"

„Das ist eine Überraschung …", sage ich, und während die Worte aus meinem Mund kommen, realisiere ich, dass ich die Tasche von Olivia und Ella total vergessen habe. Was ich mir nach dem unerwarteten Auftauchen von Brandon und den darauffolgenden Vorkommnissen zwar nicht wirklich verübeln kann, aber das schlechte Gewissen schleicht sich trotzdem sofort in meinen Verstand. „Oh, da kommt mir in den Sinn, dass ich eine kleine Überraschung von ihnen, die eigentlich für den gestrigen Morgen gedacht gewesen wäre, komplett vergessen habe. Da sollte ich wohl schnellstens einen Blick drauf werfen."

„Natürlich, mach das! Ich hoffe sehr, dass dich ihre Überraschung noch mehr aufmuntern wird wie das Telefonat mit mir", gibt Lewis mit einem rauen, schelmischen Lächeln von sich. Fügt dann aber schnell noch folgende Worte hinzu: „Aber du darfst mich natürlich jederzeit wieder anrufen, wenn du Hilfe brauchst, ja?"

„Das mach ich, Lewis, danke dir! Wirklich – danke!"

„Immer gerne! Also dann, wir hören uns, ja?"

„Ja, bis dann!", verabschiede ich mich und beende den Anruf mit einem ganz sonderbaren Gefühl. Bevor ich mich mit der Tasche befassen kann, muss ich mir zuerst klar darüber werden, was ich über dieses Telefonat denken möchte. Es hat gutgetan, auf jeden Fall. Aber geht mir nicht alles viel zu schnell? Wer sagt mir, dass Lewis nicht genau so ist wie Brandon? Wer sagt mir, dass er das alles nicht nur vorspielt? Doch sosehr ich mich selbst schützen möchte, sosehr muss ich mir eingestehen, dass Lewis mich gerade total aus den Socken gehauen hat. Ich habe richtig gemerkt, wie sehr ihn meine Worte berührt haben und er sich sofort Sorgen gemacht hat. Auch wenn er nicht wirklich helfen konnte, hat er mich unterstützt. Unterstützt, indem er mich einfach verstanden hat. Indem er mir einfach zugehört und mir Zeit gelassen hat. Ohne viel nachzuhaken oder zu persönliche Fragen zu stellen. Er war einfach da, ohne mich näher zu kennen. Ohne zu wissen, wie sehr er mir damit geholfen hat. Ohne zu wissen, wie viel mir das gerade jetzt bedeutet.

„*So, und nun zur Tasche!*", unterbreche ich mich selbst in Gedanken. Ich will nicht mehr länger grübeln! Hätte schon längst einen Blick in die Tasche werfen sollen und will dies nun endlich nachholen. Schnell stehe ich auf, schnappe mir die Tasche und ziehe sie vor mein Sofa. Öffne gespannt den Reißverschluss und wage einen vorsichtigen Blick hinein. Augenblicklich kommen mir die Tränen, doch ich versuche sie noch zurückzuhalten. Meine Freundinnen haben mir ein riesiges, rechteckiges Fotobuch gebastelt. Ohne lange zu zögern, nehme ich es in die Hand, öffne es auf der ersten Seite und lese den von Hand ganz sorgfältig geschriebenen Text auf der ersten Seite.

Liebe Nora,
wir wissen, es tut weh. Ja, es tut unglaublich weh. Aber Du machst das so gut – so verdammt gut. Seit bald zwei Jahren gehst Du ohne Deine Eltern durch Dein Leben, aber hast noch jede Hürde meistern können. Zwar ohne Mama und Papa, aber dennoch nicht alleine. Denn ja, sie sind stets in deinem Herzen und helfen Dir. Sprechen mit Dir, auch wenn Du sie nicht hörst. Berühren Dich, auch wenn Du sie nicht spürst. Sie sind einfach da, und doch nicht neben Dir. Nein, sie sind in Dir. Tief verbunden. Und genau diese Verbundenheit zwischen Euch möchten wir einmal mehr stärken. Stärken, indem wir zu Ehren Deiner Eltern an einen ganz speziellen Ort verreisen und Du da wieder näher zu ihnen kommst. Und sie auch wieder näher zu Dir kommen.
Damit die Vorfreude die nächsten Tage ein wenig gestärkt werden kann, haben wir Dir dieses Fotobuch hier gebastelt und hoffen, dass es Dir gefällt. Genieß es und versuch bitte, nicht allzu viele Tränen zu vergießen. Das würden Deine Eltern nicht wollen. Okay? Okay!
Viel Spaß und bis am Montag! Wir freuen uns!
Olivia und Ella

Kapitel 11

Vorsichtig wage ich einen Blick auf die nächste Seite und halte kurz inne. Setze mich auf das Sofa direkt hinter mir. Kann kaum glauben, was mir meine Freundinnen für ein Geschenk gemacht haben. Denn auf der zweiten Seite sehe ich Fotos von der Zeit, als ich noch ganz klein war. Als ich erst ganz frisch das Licht der Welt erblickt hatte. Fotos, von deren Existenz ich bislang nichts gewusst oder die ich vor viel zu vielen Jahren zuletzt gesehen habe – zusammen mit meinen Eltern. Ich spüre, wie sich mit jedem weiteren Bild, das ich zu sehen bekomme, eine weitere Träne den Weg aus meinen Augen suchen möchte. In meinem Inneren bricht alles zusammen. Ich gebe auf, mich irgendwie zu beherrschen. Lasse den Tränen und Schluchzern freien Lauf. Verliere die Kontrolle über meine gesamten Emotionen.

Kleiner Zwerg – so haben Dich Deine Eltern immer genannt. Als Du Dich noch im Bauch Deiner Mutter befunden hast und sie noch nicht wussten, dass aus Dir einmal ein wunderhübsches Mädchen wird.

Diese handgeschriebenen Worte stehen unter einem Bild, wo ich mit einer winzigen, dunkelgrau-weiß gestreiften Zipfelmütze in meinem Kinderbettchen liege und vor mich hin grinse. Ich kann die Buchstaben vor lauter Tränen kaum lesen, doch sie bahnen sich ihren Weg direkt in mein Herz.

Meine Eltern haben mir nie von diesem Spitznamen erzählt, aber ich weiß genau, dass es stimmt. Sie waren ein solches Paar, das sich vom Geschlecht ihres Ungeborenen überraschen ließen und es daher nicht bereits mit dem im Voraus ausgedachten Jungen- oder Mädchenname ansprachen – sondern eben mit *Kleiner Zwerg*.

Eine wahre Traumhochzeit – da waren sich alle Bewohner von Melbane einig.

Ich blicke auf das nächste Foto und merke, wie sich die Tränen rasant vermehren. Krampfhaft spanne ich jeden meiner Muskeln an. Mir tut alles weh, als ich das Hochzeitsfoto meiner Eltern genauer unter die Lupe nehme. Es stand jahrelang in einem wunderschönen, weißen Bilderrahmen auf unserem Kamin im Wohnzimmer, doch ich habe es nie wirklich angeschaut. Es war für mich einfach normal, gehörte zur vertrauten Grundausstattung unseres Hauses, der man mit der Zeit immer weniger Aufmerksamkeit schenkte, weil sie einfach selbstverständlich wurde. Dabei ist das Bild so unglaublich einzigartig. Meine schwangere Mutter sitzt im Schneidersitz in ihrem langen, schlichten Hochzeitskleid auf einer farbenfrohen Blumenwiese und mein Vater ist direkt hinter ihr in die Knie gegangen. Seine beiden Arme schlingt er besonders liebevoll um ihren Oberkörper, wobei seine Hände beschützend über dem Babybauch ruhen und meine Mutter seine Hände mit ihren Fingern umschließt. Seine linke Wange schmiegt er ganz vertraut an ihre rechte. Beide strahlen über beide Ohren, geben ihrer Freude und Dankbarkeit Ausdruck, wie es kein anderes frisch verheiratetes Paar könnte.

Wenn es nach Deinem Vater gegangen wäre, hättest Du Eleonora geheißen, doch Deine Mutter hat ihn von der Kurzform Nora überzeugen können. Sie fand kürzere Namen schon immer viel schöner.

Dies lese ich unter dem dritten Bild, worauf sich ein kleines Lächeln zwischen die vielen Tränen drängt. Meine Mutter hat mir einmal von ihrer Abneigung gegenüber langen Namen erzählt. Hat mir gesagt, dass sie selbst ihren eigenen Namen, Samantha, zutiefst verabscheue. Man nannte sie deshalb immer nur Sam.

Du hast Deine Eltern in den ersten sechs Monaten kein einziges Mal durchschlafen lassen. Aber nicht etwa, weil Du ein Schreibaby warst, nein, Du wolltest einfach in ihrer Nähe sein. Von ihnen im Arm gehalten, gestreichelt und geküsst werden. Ihre endlose Liebe spüren und ihnen diese in zehnfacher Weise zurückgeben. Ach, sie waren so verdammt glücklich mit Dir!

Sie *waren* so verdammt glücklich. Dieses eine Wort. Diese verfluchte Vergangenheitsform, die ich seit zwei Jahren in Verbindung mit meinen Eltern benutzen muss. Warum kann diese nicht einfach wieder zum einfachen Präsens werden? Immer mehr Tränen strömen aus meinen Augen. Mein Herz droht zu zersplittern – in Hunderte kleine, messerscharfe Teilchen. Ich will zu meinen Eltern. Will ihnen sagen, dass ich sie gerne noch glücklicher gemacht hätte. Wenn ich gewusst hätte, dass wir nur so wenig Zeit miteinander haben. Wenn ich gewusst hätte, dass sie schon nach so kurzer Zeit wieder aus dem Leben gerissen werden.

Dieses kleine Kerlchen hier hat Dich auf jedem einzelnen Abenteuer begleitet. Wenn er einmal verloren ging, waren sogar Deine Eltern aufgeschmissen. Denn das hieß, Dein Lachen war verschwunden. Ohne ihn konntest und wolltest Du viele Jahre nicht leben.

Ich wusste, dass meine Mutter und mein Vater die wohl ruhigsten Eltern auf der ganzen Welt waren. Dies habe ich schon von so vielen Bibliotheksbesuchern gehört. Aber dass es doch etwas gab, das sie aus der Ruhe bringen konnte, hatte ich noch nie vernommen. Ich hatte immer gedacht, dass das kleine Äffchen mit dem von meinem Vater ausgedachten Namen *Herolin,* das auf dem Bild über diesem Text ganz nahe neben meinem Kopf liegt und mich wahrhaftig zu beschützen scheint, einfach mein absolutes Lieblingsstofftier war, das mich immer begleiten musste. Doch meine Eltern wollten anscheinend nie zugeben, dass das dunkelbraune Äffchen eine ihrer größten Schwächen sein konnte. Dass Herolin mich nie verlassen durfte.

Hier hast Du Deine ersten Schritte gemacht. Hast ganz vorsichtig den weiten Weg von Mamas Arme in Papas Arme auf Dich genommen und noch Stunden danach ein so breites Lachen auf den Lippen gehabt, dass Deine Eltern dachten, Du würdest deine Zähne wohl nie mehr verstecken wollen.

Unwillkürlich muss ich grinsen. Denke an die vielen gemeinsamen Stunden mit meinen Eltern zurück, in denen wir einfach zusammen gelacht haben. In denen wir einfach glücklich waren. Nur wir drei. Zusammen. Das war eine so wunderbare Zeit. Eine so unvergessliche Zeit. Eine viel zu kurze Zeit.

Wie die Zeit verging – viel zu schnell bist Du in den Kindergarten gekommen und hast Deine Eltern tagsüber verlassen müssen. Da Du normalerweise immer in der Bibliothek gewesen bist und die vielen Besucher unterhalten hast, haben Dich alle gaaaanz schön vermisst.

Als ich dieses Bild von vielen spielerisch traurigen Bibliotheksbesuchern, die mir allesamt bekannt sind, begutachte, merke ich, wie die Tränen langsam weniger werden. Ich will die Fotos genießen können, dieser Tränenschleier vor meinen Augen hält mich nur davon ab. Zutiefst berührt fahre ich mir mit meinem Handrücken über die Wangen und versuche mich, so gut es geht, wieder zu fassen. Und genau dies scheinen meine Freundinnen vermutet zu haben. Auf dem nächsten Bild sehe ich nämlich, wie ich mit etwa fünf Jahren einen totalen Wutanfall habe. Darunter haben sie die folgenden Worte geschrieben:

Ach ja, Deine berühmt-berüchtigten Wutanfälle während Deiner Kindheit. Deine Eltern haben sie gehasst. Und doch sind wir uns sicher, würden sie alles dafür geben, um nur einen einzigen davon erneut erleben zu können.

So ist es. Ich weiß noch ganz genau, wie mich meine Eltern während so eines Wutanfalls manchmal einfach in mein Zimmer geschickt und so lange gewartet haben, bis ich mich wieder beruhigt hatte. Auch wenn dies manchmal mehrere Stunden dauerte. Doch das taten sie nicht etwa, weil sie nicht damit zurechtkamen, nein, sie wollten mir einfach zeigen, dass sich dies nicht gehörte. Denn ich konnte einem so richtig auf die Nerven gehen damit. Wenn jemand nicht nach meiner Pfeife tanzte, wusste ich mich durchzusetzen. Wenn ich etwas wollte, wusste ich, wie es zu kriegen war. Wenn etwas nicht so war wie vorgesehen, wusste ich es schnurstracks zu ändern.

Zack und schon bist Du zur Schule gekommen. Mathe hast Du verabscheut, das weiß jeder. Aber im Schreiben hast Du ganz schön Gas gegeben. Deine Aufsätze wurden in der Bibliothek weiß Gott wie viele Male herumgereicht und gelesen.

Ich muss schmunzeln. Kann mich noch genau daran erinnern, wie meine Eltern damals meine Geschichten rumgereicht hatten, doch stets betonten, dass sie nicht angeben wollten, sondern einfach nur unendlich stolz auf mich seien. Stolz, dass ich ein Hobby gefunden hatte, das ich liebte. Denn wenn mein Stift über ein Blatt Papier flog, konnte mein Gehirn abschalten. Dann verschwanden all meine Sorgen rund um die Hausaufgaben und all meine schlechten Gedanken über meine Freundin, die doch eigentlich meine *allerbeste* Freundin war. Meine Gedanken bildeten einfach Sätze, formten diese dann um, bis sie für mich perfekt waren. Ich suchte innerlich nach perfekten Synonymen, passenden Adjektiven und ansprechenden Verben. Konnte meine Finger kaum stoppen, weil ich einfach so unglaublich viel Spaß daran hatte.

Heute habe ich dies leider ein wenig aus den Augen verloren. Mir fehlt die Inspiration. Zwar kommen mir die Worte in den Sinn, aber es fehlt der Biss, diese dann zu einer ganzen Geschichte zu formen. Heute reicht es mir, zu lesen. Dies gefällt mir viel mehr, weil die Geschichten bereits existieren. Da muss ich nicht noch überlegen, welche Handlung als Nächstes Sinn macht oder welches Ende nun am besten zur Geschichte passt. Ich lese einfach und lasse mich und meine Bedürfnisse durch die Worte, Sätze und Geschichten befriedigen.

Brandon. Beim Gedanken an Befriedigung kommt er mir sofort in den Sinn. Schlagartig wird mir schlecht. Ich will den Gedanken an den Menschen, der mich seit Wochen vergewaltigt, sofort wieder aus meinem Kopf verbannen. Will nicht an ihn denken. Schaue schnell auf die nächste Seite des Fotoalbums.

Aua, aua, aua. Wie hast Du das nur hingekriegt? Deine Mutter hat ganz bestimmt nie von der wahren Geschichte erfahren, richtig?

Dies steht unter einem Bild, auf dem ich mit etwa neun Jahren neben meinem Vater stehe und meinen von oben bis unten verkratzten und aufgeschürften Körper mit einem versteckten Lächeln zum Besten gebe. Meinem Vater ist das schlechte Gewissen nur so ins Gesicht geschrieben. Ich weiß noch ganz genau, wie wir beide an diesem Tag zusammen ans Meer gefahren sind und mein Vater mir das Surfen beibringen wollte. Wirklich geklappt hat dies allerdings nicht. Jedes Mal, wenn ich einige Millisekunden auf dem Brett stand, erwischte mich eine Welle und drückte mich auf den sandigen, mit Steinen übersäten Meeresgrund. Und mit jedem Mal wurde mein Körper röter. Mit jedem Mal fraß sich der Schmerz tiefer in mich hinein. Doch mein Vater konnte mich mit meiner unendlich starken Willenskraft nicht stoppen. Ich wollte es hinkriegen. Ich wollte surfen. Als wir dann am Abend nach Hause zurückkehrten, traute sich mein Vater kaum, meiner Mutter unter die Augen zu treten. Hat ihr schlussendlich den Bären aufgebunden, ich sei lediglich beim letzten Surfversuch vom Brett gestürzt und dann habe er mich sofort nach Hause gebracht.

Und das war dann unser größtes Geheimnis. Ein Geheimnis, auf das ich meine gesamte Kindheit lang stolz war.

Ich wische mir erneut über meine Augen. Versuche mit meinen Händen die letzten Tränen zu trocknen, denn in meinem Inneren breitet sich ein immer beruhigenderes Gefühl aus. Ich spüre förmlich, wie mir mein Vater mit seiner großen, warmen Hand beschützend über meinen Rücken streicht. Wie er es auch an diesem einen Abend nach dem Surfen gemacht hat. Gleich nachdem er all meine Wunden mit einer wohltuenden Salbe behandelt hat. Dann gab er mir einen zärtlichen Kuss auf die Stirn und wünschte mir wie jeden Abend eine gute Nacht und süße Träume. Meine Mutter stand mit einem matten, aber doch glücklichen Lächeln im Türrahmen und tat so, als könne sie ihre Tränen vor mir verstecken. Doch ich sah es ganz genau. Schickte ihr einen Luftkuss, begleitet von einem fröhlichen Lächeln, bevor die beiden aus meinem Zimmer verschwanden. „Es tut mir leid", hörte ich meinen Vater gerade noch flüstern, bevor sie über die Treppe ins Untergeschoss gingen, doch ich wusste ganz genau, dass meine Mutter ihm verzeihen würde. Denn sie wusste, dass er für mich sein Leben geben würde. Oh, wie sehr sie ihn geliebt hat!

Wow. Familienfotos waren nie Eure Stärke. Aber ab und zu hat es per Zufall geklappt. Wie hier.

Auf diesem Bild, das meine beiden Freundinnen liebevoll zickzackmäßig ausgeschnitten haben, bin ich dreizehn Jahre alt. Stehe mit frechem Blick in einem dunkelroten, knielangen Kleid neben meiner Mutter, die mich mit stolzem Blick begutachtet. Auch sie trägt ein Kleid, allerdings in dunkelblauer Farbe, kombiniert mit glitzerndem Silberschmuck. Hinter uns steht mein Vater in einem weißen Hemd und grauem Jackett. Sein Kopf liegt in seinem Nacken, ein breites Lachen ziert sein jung wirkendes Gesicht. Über uns schweben einige Bücher, die mein Vater kurz vor der Momentaufnahme in die Luft geworfen hat. Das Foto kam auf die Einladung zum dreißigsten Jubiläum der *Library of Love*. Wir waren alle abgöttisch stolz darauf.

Ich klappe das Fotobuch zu und lasse mich kraftlos in die Kissen hinter mir fallen. Richte meinen Blick hilflos zur Decke und versuche mich zu beruhigen. Sosehr ich meinen Freundinnen dankbar für die vielen Erinnerungen bin, sosehr tut es weh, mich in die vielen überglücklichen Situationen zurückzuversetzen. So arg schmerzt es, zu fühlen, wie es mir jetzt geht. Ohne meine Eltern. Ohne meinen Körper. Als Vergewaltigungsopfer. Wie soll ich nur wieder auf den richtigen Weg kommen? Auf den Weg, von dem mich Brandon mit aller Wucht gezogen hat, mich aber sicherlich nicht darauf zurückbringen wird. Und auch wenn sich dieser Weg gerade verändert, so darf ich nicht glauben, dass Brandon mich eines Tages verschonen und mich endgültig in Ruhe lassen wird. Und selbst wenn, die Wunden, die er mir zugefügt hat, werden nie wieder gänzlich heilen. Ich werde meinen Körper nie wieder so besitzen, wie ich ihn einst besessen habe. Das Selbstbewusstsein, das ich mir so lange erkämpft habe, werde ich wohl nie wieder zurückerlangen.

Er hat mir alles genommen.

Mein Lächeln, meine Gefühle, meinen Körper.

Einfach alles.

Für immer.

Wenn er verschwindet, verschwinde ich mit ihm.

Kapitel 12

Ich befinde mich im letzten Reisevorbereitungsstress. Wie es aufgrund meines unerklärlichen Hangs zu unnötig vielen Gedanken vor jedem Urlaub der Fall ist. Ob als Kind mit meinen Eltern, später mit meinen Freunden oder selbst dann, wenn ich alleine verreise – ich mache mir Gedanken zu allen möglichen Szenarien. Ich lege mir in meinem Kopf die Outfits von Tag 1 bis Tag X zurecht und schreibe mir nebenbei eine Liste mit diesen Kleidern oder Gegenständen, die ich kurz vor der Abreise erst einpacken kann, weil sie eventuell noch zum Trocknen am Wäscheständer hängen oder ich sie einfach bis kurz vor der Abreise noch brauche, wie zum Beispiel das Ladekabel meines Smartphones. Ich überlege mir, wie viele Bücher ich wohl von welchem Genre lesen werde, denke daran, in welche Tasche ich die Kopfhörer, die Wasserflasche und die Notfallapotheke packen muss, damit ich die Dinge im Urlaub sofort griffbereit habe, und vergesse am Schluss nie, die fertig gepackten Koffer, Rucksäcke und Taschen anhand der bereits Tage zuvor erstellten To-do-Liste zu kontrollieren und alles abzuhaken.

Es ist Montag, 07:27 Uhr. In drei Minuten werden meine beiden Freundinnen vor mir stehen und mich abholen. In drei Minuten werde ich mich mit meinen beiden Lieblingsmenschen zum zweiten Mal auf eine Reise zu meinen Eltern begeben. Ich kann es kaum glauben. Denke oft an den Ausflug im vergangenen Jahr zurück. Es war so unglaublich schön. Ich habe mich meinen Eltern nach ihrem Tod wahrscheinlich noch nie so nahe gefühlt wie damals. Ich frage mich, ob diese Woche, die mir nun bevorsteht, die vom letzten Jahr übertroffen wird oder ob dies gar nicht möglich ist. Wird Brandon die kommende Reise in irgendeiner Form beeinflussen? Weiß er überhaupt, dass ich verreise? Weiß er, dass er mich nicht wie gewohnt in meiner Wohnung auffinden wird? Wird er mir folgen? Ist er mir in diesem Moment gerade näher, als mir lieb ist? Oder nimmt er vielleicht Rücksicht und lässt mich während dieser Woche mit meinen Eltern in Ruhe?

Meine Gedanken drohen zu überhitzen. Was erhoffe ich mir hier überhaupt? Dieser Mensch hat mich bereits viel zu viele Male auf rücksichtsloseste Art und Weise missbraucht und nun denke ich, er würde davon absehen, diesen schon fast heiligen Urlaub zu zerstören. Ein Mensch, der solch grausame Taten vollbringen kann, wird wohl kaum in der Lage sein, in irgendeiner Art und Weise Rücksicht auf eine andere Person zu nehmen! Für ihn zählen einzig und allein seine Gefühle und seine Wünsche. Auch wenn sich in mir noch die klitzekleine Hoffnung befindet, er wäre anders. Er würde meine besondere Lage verstehen und sich dagegen entscheiden, mir auch noch das letzte Fünkchen Leben zu nehmen.

Ich merke, wie mich die Gedanken in einen gefährlich tiefen, womöglich endlosen Strudel ziehen. All meine Ziele, die ich mir vor knapp einer Woche gesetzt habe, drohen im Sturm unterzugehen. All meine genialen, besonders kreativen und motivierenden Überlegungen und Inspirationen werden von mir selbst in ein überaus schlechtes Licht gezogen. Ja, gar gezerrt. Ich verliere mich. Ich verliere mich in meiner eigenen Leere.

„Hallöchen? Ready for Take-off?" Mit diesen Worten platzen meine zwei besten Freundinnen wenige Sekunden später, ohne mich in irgendeiner Form vorzuwarnen, in meine Wohnung. Ich zucke sogleich zusammen, doch erhole mich schnell wieder von meinem Schreck. Dass meine Freundinnen es meistens nicht für nötig halten zu klingeln oder wenigstens anzuklopfen, ist mir ja eigentlich bewusst. Schnell straffe ich meine Frisur, wie ich es immer mache, wenn ich mich zu fassen und neu zu konzentrieren versuche. Meist gelingt mir dies unbemerkt, doch meine Freundinnen kennen mich mittlerweile zu gut.

„Mann, bist du nervös ... Alles okay?", höre ich sogleich von Olivia. Mein peinlich berührtes, etwas niedergeschlagenes Lächeln reicht ihr allerdings als Antwort und sie spricht sofort weiter: „Lass uns deine Koffer so schnell wie möglich in Ellas Auto verfrachten, dann können wir los. Ich bin ja sooo gespannt auf deine Reaktion! Das wird der absolute Oberknaller!"

„Mann, Olivia, beruhig dich! Lass uns Nora erst einmal richtig begrüßen. Wir wollen sie heute schließlich nicht total überfordern! Ihr steht eine wohl ziemlich nervenaufreibende Woche bevor …", sagt Ella mit beschwichtigender Stimme, lässt Olivia für den Moment links liegen und schließt mich ganz langsam in eine besonders liebevolle Umarmung. Und ich muss zugeben, es tut gut. Es tut gut, einfach mal in den Arm genommen und verstanden zu werden. Es fühlt sich gut an, einfach kurz innezuhalten und zu realisieren, was ich gerade tue. Denn nur so kann ich bewusst leben. Nur so kann ich bewusst entscheiden, was ich als Nächstes tun möchte. Und jetzt ist der Fall klar: Die Zeit mit meinen beiden Herzensmenschen genießen!

„Danke, Ella! Ich bin so froh, dass ich euch stets an meiner Seite habe!", sage ich mit einem immer breiter werdenden Lächeln auf den Lippen an beide meiner Freundinnen gerichtet. „Aber nun los, sonst muss ich gezwungenermaßen noch meinen ziemlich allzeit bereiten Tränen freien Lauf lassen, und das möchte ich möglichst verhindern, okay? Zumindest so lange, bis es einen wirklich, wirklich guten Grund dafür gibt und ich sie definitiv nicht mehr zurückhalten kann."

Daraufhin breitet sich auch auf den Gesichtern von Ella und Olivia ein Lächeln aus, wir nehmen uns je eines meiner Gepäckstücke und tragen diese zu Ellas Auto. Kaum haben wir alles verladen, steigen wir auch schon ein und fahren los. In meinem Bauch breitet sich sofort das gewohnte Kribbeln der aufkommenden Nervosität aus, doch ich kann mich gerade noch rechtzeitig beherrschen, bevor sie in meinem Inneren die Oberhand gewinnen kann. Ich beginne zur Ablenkung meine Freundinnen nach unserem Urlaubsziel auszufragen, kriege allerdings rein gar nichts aus ihnen heraus. Außer ein winziges Detail, das mir bereits bei der Begrüßung aufgefallen ist, das ich aber gekonnt ignoriert habe.

Ready to take off.

Wir werden fliegen.

Ich werde fliegen.

Ich werde mich meiner wohl größten Angst stellen müssen, die ich seit dem Tod meiner Eltern verspüre. Ich habe keine Ahnung, wie ich das hinkriegen soll, doch weiß ich sofort, warum es meine beiden Freundinnen tun wollen. Sie möchten, dass ich mich endlich der Angst stelle. Dass ich wieder damit zurechtkomme, dass Menschen auf das Flugzeug zurückgreifen, wenn sie eine weite Strecke in den Urlaub oder für Geschäftszwecke so schnell wie möglich hinter sich bringen wollen. Aber auch aus dem Grund, dass ich die Todesursache meiner Eltern endlich verarbeite und damit zurechtkomme. Dass ich endlich verstehen kann, wie es dazu kommen konnte. Wie es dazu kommen konnte, dass ein Pilot die Kontrolle über seine Maschine verlor. Dass ein Pilot Tausende von Menschenleben auf einen Schlag im Pazifischen Ozean ertrinken lassen konnte.

„Ich … Ich weiß nicht, ob … ob ich das hinkriege …", platze ich mit bebender Stimme in die Stille. Spüre bereits, wie die Tränen hervorzuquellen drohten.

„Was meinst du?", will Ella sofort mit besorgter Stimme wissen, und Olivia, die vorne neben Ella sitzt, schaut mich mit einem verwirrten Blick über die rechte Schulter an.

„Meinst du das Fliegen?", fragt Ella.

„Ja. Ich … denke, ich bin … noch nicht bereit dazu!"

„Aber Nora, mach dir doch darüber keine Sorgen", wirft Olivia etwas belustigt ein.

„Warum lachst du? Ich … Ich kann das noch nicht!"

„Da sind wir anderer Meinung", erwidert Olivia.

„Spielt eure Meinung dabei eine Rolle?", frage ich etwas schnippisch. Verstehe nicht, wie Olivia für meine aktuelle Situation kein Verständnis zeigen kann. Sehe, wie Ella mit immer noch sehr besorgtem, aber nun ziemlich besänftigendem Blick in den Rückspiegel schaut und jede meiner Bewegungen genau mustert.

„Aber Nora, wir fliegen doch nicht mit einem Flugzeug. Da würden wir vorher schon dein Einverständnis einholen. Kennst du uns wirklich so schlecht?", führt Olivia die Unterhaltung mit etwas beleidigtem Ton fort.

„Entschuldige, ich kann gerade nicht wirklich klar denken", beschwichtige ich sie und blicke dann erwartungsvoll zu Ella. Denn ich weiß, dass sie mich versteht und mir stets möglichst direkt die Wahrheit sagt. Sie ist ganz klar die Einfühlsamste von uns dreien.

„Nora, alles gut, wir werden nicht mit dem Flugzeug fliegen. Es wartet eine andere Überraschung auf dich. Zwar in der Luft, aber wir werden nicht fliegen. Und wenn es dir zu viel wird, können wir jederzeit ohne Probleme auf den sicheren Boden zurückkehren. Das haben wir alles abgeklärt!", sagt Ella daraufhin. Ich beruhige mich umgehend. Verfluche mich einmal mehr dafür, dass ich immer vom Schlimmsten ausgehen muss. Wie konnte ich nur denken, meine beiden besten Freundinnen würden mich zum Fliegen in einem Flugzeug zwingen?

„Okay. Danke!", kommt es kaum hörbar von mir.

„Glaub mir, es ist absolut sicher! Und es wird dir auf jeden Fall gefallen!", besänftigt mich Ella weiter und ich sehe, wie Olivia bestätigend nickt. In ihrem Gesicht ist noch ein etwas schelmisches Lächeln erkennbar, aber sie hat erkannt, wie sehr mir Flugzeuge Angst einjagen.

Ich schließe meine Augen und drücke meinen Körper etwas fester in den Stoff des Rücksitzes. Das beruhigt mich zwar, doch ich kann mir noch nichts unter dem kommenden Abenteuer vorstellen. Was haben meine beiden Freundinnen mit mir vor? Wir werden in der Luft sein, aber nicht fliegen? Wir werden uns in der Höhe befinden, aber jederzeit wieder auf den sicheren Boden zurückkehren können? Ich habe absolut keine Ahnung. Gebe es daher auf, nach einer Lösung zu suchen. Ich werde es früher oder später schon erfahren. Leicht genervt, aber bereits wieder ziemlich gefasst, blicke ich auf mein Smartphone und checke meine Mails. Wie immer befinden sich in meinem Posteingang einige Mails der Bibliothek, die ich in einigen Minuten beantwortet habe, und dann bleiben nur noch einige ziemlich unnötige Newsletter und Spam-Mails übrig, die ich so schnell gelöscht habe, wie sie aufgetaucht sind. Sobald der Posteingang also wieder leer ist, verlasse ich den Mail-Service und öffne, ohne es wirklich zu realisieren, die direkt danebenpositionierte, rot gefärbte Dating-App. Seit Tagen kriege ich darüber unzählige

Vorschläge von verschiedensten Männern, die eine Frau, wie ich sie bin, suchen. Ich lösche jeden einzelnen, ignoriere alle Meldungen, die mir zeigen, welchen Männern welches Bild von mir gefällt. Lehne jede Unterhaltungsanfrage kommentarlos ab.

„Hey Nora, ich wollte Dir nur kurz ganz viel Vergnügen und bärenstarke Kraft für die kommende Woche wünschen! Ich bin mir sicher, Deine Eltern werden während jeder einzelnen Sekunde bei Dir sein – äußerst stolz und überglücklich." Als hätte Lewis gespürt, dass wir vor gut einer halben Stunde losgefahren sind und ich bereits ein kleines Tief zu überwinden hatte, schreibt er mir diese vielen unheimlich aufbauenden Worte, gefolgt von einem die Zunge rausstreckenden Smiley, und begibt sich damit auf direktem Weg in mein Herz. Ich muss unwillkürlich lächeln, vergesse dabei total, dass ich mit meinen beiden Freundinnen, die noch absolut nichts von Lewis wissen, in einem Auto sitze.

„Guten Morgen, Lewis. Ich danke Dir von ganzem Herzen! Sind vor gut dreißig Minuten losgefahren, doch ich habe noch absolut keine Ahnung, wohin es geht. NERVÖÖÖS!", schreibe ich ihm direkt zurück.

„Du schaffst das! Egal wohin es geht, es wird Dich glücklich machen! Du musst nur daran glauben!"

„Ich versuche es, danke Dir! Was hast Du denn so vor heute?"

„Ach, nichts Besonderes, helfe meinem Bruder ein wenig aus. Ihm fehlt wichtiges Personal."

„Alles klar, dann wünsche ich Dir ganz viel Erfolg", schreibe ich und er bedankt sich umgehend.

„Ich werde bestimmt ab und zu an Dich denken, wenn ich etwas neue Kraft brauche. Ist das okay für Dich?", erwidere ich, ohne groß nachzudenken, und verspüre augenblicklich ein leichtes Kribbeln in meiner Magengrube. Was er jetzt wohl denken wird?

„Gewiss!", antwortet er kurz und knapp. Ob er mir damit die Frage beantwortet oder den vorausgehenden Satz bestätigt, lässt er offen.

So oder so, er gibt mir Halt.

Halt, falls ich fallen würde.

Kapitel 13

„Heilige Scheiße, was habt ihr nur vor mit mir?", gebe ich laut und deutlich von mir, während ein nervöses Lächeln meine Lippen umspielt. Doch Ella fährt unbeirrt damit fort, meine grün-braunen Augen mit ihrem dünnen, aber überaus flauschigen Schal zu verbinden, damit ich nichts mehr zu sehen bekomme. Sie gibt sich die größte Mühe, meine rotbraunen Haare, die heute offen und leicht gelockt auf meine Schultern fallen, nicht mit in die Schlaufe zu nehmen, aber sie hat keine Chance.

„Hey, das zieht! Gib dir wenigstens ein bisschen Mühe, wenn ihr schon das Gefühl habt, ihr müsstet mich so auf die Folter spannen!", fahre ich sie an, werde jedoch direkt von Olivia mit einem lang gezogenen, empörten „Heeey" zurechtgewiesen. „Ja, ist doch so. Ihr wisst genau, dass ich das hasse!", gebe ich kleinlaut von mir.

„Tut mir leid, Nora, aber sobald du den Grund dafür kennst, wirst du uns dafür danken …", entschuldigt sich Ella und beginnt mich langsam in die Richtung zu führen, in der vorhin Olivia noch stand. Alles, was ich vor mir sehen kann, ist pure Dunkelheit. Ich habe keine Ahnung, wo wir waren, wo wir nun sind und wohin wir gehen werden. Ich kann mich lediglich auf meinen Gehör- und Geruchssinn verlassen, was ich normalerweise so gut es geht zu vermeiden versuche. Meine Augen waren mir schon immer unglaublich wichtig. Wie meine Mutter stets zu sagen pflegte: „Wenn Augen aufhören zu leuchten, verlieren Worte ihren Wert!"

Meine Mutter. Mom. Automatisch beginnen meine Gedanken eigene Wege zu gehen. Ich beginne leicht zu zittern und drohe in Tränen auszubrechen. Ich spüre, wie die Präsenz meiner Mutter unter meine Haut kriecht. Wie ihre Stimme in meinem Kopf widerhallt und mir den Sinn des Lebens zu erklären versucht.

Sorge stets dafür, dass deine Augen einen Grund zum Leuchten haben, dann wird es dir gut gehen.

Lebe. Lache. Liebe.

Ihre Worte, ihre so unglaublich wahren Worte. Oh, wie ich diese Frau mit ihren unglaublichen Weisheiten vermisse. Oh, wie ich diese Frau geliebt habe. Nein, noch immer liebe. Nur ist die Distanz zwischen unseren Körper gewachsen. Wo meine Mutter sich befindet, weiß ich nicht. Doch uns verbindet eine unzertrennbare Verbindung, die mir zeigen wird, wo sie ist. Die mir den Weg weist, wenn auch *mein* letztes Stündchen geschlagen hat. Oh, wie ich mich auf diesen Moment freue. Wenn ich meine Mutter und meinen Vater endlich wieder in die Arme schließen kann. Im Reich der Toten. Im Himmel. In *unserem* Himmel.

Ich stolpere, als sich der Boden unter mir etwas erhöht, doch fange mich gleich mit dem nächsten Schritt wieder. Verbiete mir sofort, noch länger an meine Eltern zu denken. Dafür ist es noch zu früh. Der richtige Moment dafür wird schon noch kommen, das spüre ich. Versuche meine Gedanken in eine ganz andere Richtung zu treiben, während meine Füße von nun an auf einem knisternden Kiesweg gehen. Und es scheint, als würde mich genau dieses Knistern des Kieses zurück in die Realität führen. Denn auf einmal gelangen laute Geräusche an mein Ohr. Ich kann sie nicht genau zuordnen, aber ich kann es mit dem Dröhnen einer riesengroßen Maschine vergleichen. Ja, wenn ich genauer darüber nachdenke, klingt es, als würde jemand etwas ganz Großes aufblasen.

„Nora, es sind nun nur noch wenige Schritte!", höre ich Ellas helle Stimme, die sich beinahe überschlägt, und meine Nervosität droht unverzüglich ins Unermessliche zu steigen. Was erwartet mich da vor mir? Vor meinen Augen, die noch immer nichts erkennen können. Welches Abenteuer werde ich gleich zusammen mit meinen beiden Herzensmenschen erleben? Das Dröhnen wird immer lauter.

„Achtung, es wird dich nun ein Mann hochheben, aber direkt wieder absetzen", höre ich Ella, die mit möglichst kräftiger Stimme gegen den lauten Lärm anzukämpfen versucht. Zum Glück verstehe ich jedes Wort und spüre sogleich zwei kräftige Arme um meinen Oberkörper und in meinen Kniekehlen. Lasse es kommentarlos zu und lächle dabei leicht, um dem Mann – auch wenn ich nicht weiß, ob er mein Gesicht überhaupt sehen kann – ein sicheres Gefühl zu geben. Nicht dass er denkt, er tue mir weh. Dabei an Brandon zu denken, verbiete ich mir unverzüglich. Es würde mir nur wieder die glücklichen Gedanken verjagen.

„So, dann bitte ich die zwei anderen Damen, ebenfalls einzusteigen", höre ich direkt neben meinem Ohr eine sehr, sehr laute, männliche Stimme, wahrscheinlich diese des Mannes, der mich soeben hochgehoben hat. Ich zucke kurz zusammen, aber versuche mich nicht beirren zu lassen. Das seltsame Maschinengeräusch um mich herum wird zwar immer lauter, aber ich will die Überraschung für einmal gelassen nehmen. Meine Haare flattern leicht im Wind, das kann ich spüren, und immer wieder streift eine ziemlich starke Sommerbrise meine Haut. Doch ob es einfach der natürliche Wind ist oder ein künstlich erzeugter, kann ich nicht sagen. Doch ich bin froh, am Morgen ein leichtes Jäckchen übergestreift zu haben. Dieses verdeckt nun nicht nur die vielen, farbenfrohen Blutergüsse an meinen beiden Handgelenken, sondern schützt mich auch vor den überraschend kühlen Luftzügen. Apropos Blutergüsse. Ich habe absolut keine Ahnung, wie ich diese während des ganzen Urlaubs vor meinen Freundinnen verheimlichen soll. Irgendwann werde ich mich wohl vor ihnen umziehen oder mich einfach im T-Shirt vor sie stellen müssen. Ob ich mir spontan eine Notlüge einfallen lasse? Ob ich Ella und Olivia sage, dass ich meine Hände irgendwo eingeklemmt habe? *„Wie lächerlich"*, schießt es mir sofort in den Kopf. Soll ich ihnen sagen, ich hätte einen neuen Lover, der auf Bondage steht? *„Sie wissen, dass ich solche Folgen aus einem sexuellen Erlebnis niemals zulassen würde!"*, vernichtet mein Kopf sofort auch diese Idee. Genauer gesagt, ich bin am Arsch! Doch daran will ich nun nicht denken. Irgendwie werde ich es hinkriegen, das weiß ich. Mir darüber den Kopf zu zerbrechen, hilft mir nicht weiter.

„Nora, bist du ready?", reißt mich Ella mit lauter, aber doch ganz sanfter Stimme aus meinen Gedanken. Wie viel Zeit ist gerade vergangen? Augenblicklich höre ich das laute Maschinengeräusch wieder, mittlerweile definitiv fast doppelt so laut wie noch vor einigen Minuten. Wo bin ich hier nur gelandet?

„Ich hoffe es!", gebe ich mit gut hörbarer Stimme von mir. Schiebe die folgende Frage gleich hinterher: „Was, wenn nicht?" Doch ich kriege als Antwort keine Worte zu hören. Alles, was daraufhin zu meinen Ohren gelangt, ist ein noch viel lauteres, nun wirklich absolut nicht zuzuordnendes Geräusch direkt über meinem Kopf und ich ducke mich intuitiv.

„Also wenn ihr mich umbringen möchtet, will ich euch dabei wenigstens in die Augen blicken!", schreie ich und höre sofort Olivias Lache. Möchte sie und ihre Belustigung ob meiner Furcht augenblicklich verfluchen, doch in diesem Moment löst jemand die Schlaufe des Schals und offenbart mir einen Ausblick, der mein Herzschlag für einige Sekunden aussetzen lässt. Mein Atem stockt. Es fühlt sich an, als hätte mich gerade jemand aus zehn Metern Höhe fallen lassen. Doch ich stehe. Ich stehe in einem verdammten Ballon. Mitten in der Pampa, irgendwo in der Luft. Neben mir meine zwei besten Freundinnen und der Mann von vorhin, wahrscheinlich der Ballon-Führer, oder wie auch immer man den nennt. Ich war noch nie in einem Ballon. Aktivitäten in der Luft sind wohl allgemein nicht mein Ding, denn auch vor dem Tod meiner Eltern hätte ich so etwas nie gemacht. Viel zu groß ist meine Angst, es könnte dabei etwas schiefgehen, es könnte dabei etwas passieren, was nicht unter meiner Kontrolle liegt. Etwas, das ich nicht beeinflussen kann. Wenn ich die Kontrolle nicht habe, macht mir das Angst. Wenn ich mein Leben in die Hände eines anderen Menschen oder gar in die Einstellungen eines Computers übergebe, habe ich sofort den Drang, dagegen anzukämpfen. Ich will selbst über mein Leben bestimmen können. Zumindest so weit, wie es mein Schicksal zulässt.

„Und?", höre ich Ella voller Neugier fragen, doch ich kann nur nach Luft schnappen. Mir hat es voll und ganz die Sprache verschlagen. Ich will nur den Blick auf die kilometerweiten Felder Australiens genießen und dabei an nichts denken. Meine Augen nie mehr von diesem Anblick lösen. Der Angst, die sich in meinen Kopf schleichen möchte, keine Chance geben. Sie soll gefälligst da bleiben, wo sie ist – und das ist ausnahmsweise mal nicht bei mir.

„Spürst du sie?", dringen die fragenden Worte von Olivia an mein Ohr und ich weiss sofort, dass sie damit meine Eltern meint. Ich versuche eine Anwort herauszubringen, doch meine Stimme versagt mir den Dienst. Der Anblick vor meinen Augen zieht mich zu sehr in den Bann. Ich bin nicht in der Lage, mich davon loszureißen.

Ich nicke also einfach. Gefolgt von einem verdammt breiten Lächeln. Will meinen beiden Herzensmenschen so zeigen, dass sie es geschafft haben. Sie haben mich wieder in die Nähe meiner Eltern gebracht. Wieder näher zum Himmel, in dem sie ruhen. Denn genau da sind sie. Über mir. Neben mir. Um mich herum. Ich kann sie förmlich spüren. Wie sie mein Herz in ihre Hände nehmen und es sanft hin und her wiegen. So wie sie es früher, als ich noch ein Baby war, mit meinem ganzen Körper taten, um mich sanft in den Schlaf zu begleiten. Eine wohlige Wärme breitet sich in meinem Inneren aus. Und ich genieße sie in vollen Zügen!

„Wir lieben dich, Nora", sagt Ella lächelnd und ich weiß sofort, dass sie damit nicht nur sich und Olivia meint. Nein, auch meine Eltern lieben mich. Sie lieben mich aus ihrer eigenen, fernen Welt. Diese Welt, die mir jetzt noch fremd ist, aber in die ich gelangen werde, wenn ich sie endlich wiedersehen darf. Ich kann kaum glauben, wie sehr ich mich darauf freue. Nicht auf den Tod, aber auf meine Eltern. Auf meine Mama und meinen Papa.

„Ihr seid der absolute Wahnsinn, wisst ihr das?", schreie ich so laut ich kann, als ich merke, dass meine Stimme wieder ihren Dienst tut. Blicke dabei meinen Freundinnen ganz tief in die Augen und strahle eine unendlich starke Dankbarkeit aus, sodass die beiden noch breiter lächeln und mich liebevoll in den Arm nehmen – mit dem Ergebnis, dass wir nun in einer engen Gruppenumarmung beieinanderstehen. Eine Umarmung, die mich völlig aus den Socken haut. Noch nie habe ich so viel für einen beziehungsweise zwei Menschen empfunden wie gerade jetzt in diesem Moment. Diese Freude überdeckt die schmerzvollste Trauer, pflegt die tiefsten Narben und nimmt mir meine größten Ängste. Sie lässt mich eine Stimmung erleben, die ich seit Langem verloren zu haben glaubte. Es sind auf einmal so viele positive und aufbauende Gedanken in meinem Kopf, dass ich fast vergesse, wie es ist, erschöpft zu sein. Wie es ist, vergewaltigt zu werden. Wie es ist, den eigenen Körper zu verlieren. An einen Menschen, den man niemals freiwillig in sein Leben gelassen hätte.

„Du hast es dir verdient, ja?", höre ich Ella leise murmeln, sodass nur wir drei es hören. In dieser Sekunde hat nämlich der Flammenwerfer über unseren Köpfen aufgehört, warme Luft in das Innere des Ballons zu blasen und dabei dieses Geräusch ertönen zu lassen, das ich vorhin so gar nicht zuordnen konnte.

„Danke!", gebe ich von mir und drücke meine Freundinnen noch ein wenig fester an mich.

„Gern geschehen. Ich habe es dir ja gesagt, wir werden in der Luft sein, aaaber *nicht* fliegen! Wir *fahren!*", erwidert Ella und betont die Worte so komisch, dass ich sogleich laut lachen muss.

„Ja, ja, so richtig fies reingelegt hast du mich, hörst du?"

„Hey, wir haben dir stets die Wahrheit gesagt! Dich etwas auf die Folter zu spannen, das musste einfach sein. Das hättest du genauso gemacht, oder etwa nicht?", wirft Olivia ein.

„Na logisch, aber ich weiß trotzdem nicht, wie ich das verdient habe!"

„Na, wir sind doch nicht blind. Die letzten Wochen scheinen dir ganz schön viel abverlangt zu haben!" In dem Moment, als Ella diese Worte mit so viel Bedacht ausspricht, verliere ich den Kampf gegen die Angst. Sie findet nun den Weg in meinen Körper, ohne dass ich sie irgendwie aufhalten kann. Sie bringt mich total aus dem Konzept. Wohl etwas zu ruckartig löse ich mich aus unserer Umarmung. Meine beiden Freundinnen betrachten mich mit überraschtem, kritischem Blick. Worauf wollte Ella hinaus? Hat sie etwas herausgefunden? Einen Moment überlege ich, ob nun der Moment gekommen ist, in dem ich ihnen alles erzählen muss. Ich fürchte, dass ich die ganze Zeit nur geglaubt habe, sie würden es nicht merken. Nicht merken, dass ihre beste Freundin seit Wochen vergewaltigt und missbraucht wird. Dass sie gerade an sich selbst kaputtgeht, weil sie glaubt, ihren Körper und ihren Geist an diesen Brandon verloren zu haben. Wie konnte ich nur so naiv sein?!

„Hey, alles gut. Du brauchst dich nicht dafür zu schämen, dass bei dir momentan einfach viel zu viel los ist. Die Bibliothek und das ganze Gefühlschaos rund um deine Eltern. Das ist nicht auf die leichte Schulter zu nehmen. Ab nächster Woche werden wir dir etwas unter die Arme greifen. Dann musst du nicht das gesamte Risiko alleine tragen und daran zerbrechen", sagt Ella in einem beruhigenden Tonfall und Olivia pflichtet ihr sofort mit den folgenden Worten bei: „Genau, ich hatte letzte Woche meine letzte große Prüfung in diesem Semester, also habe ich bis Januar an den Nachmittagen echt viel Zeit. Und diese investiere ich natürlich gerne in meine Freundschaft zu dir und Ella und selbstverständlich in die *Library of Love*!"

Ich atme erleichtert auf. Sie haben zumindest von den Vergewaltigungen nichts bemerkt. Aber ich muss in Zukunft besser aufpassen, wie ich mich vor ihnen zeige.

Weniger nachdenken, mehr lachen.

Weniger absagen, mehr mitmachen.

Ich muss ihnen zeigen, wie gut es mir geht. Wie gut ich mit meinem Leben klarkomme, auch wenn ich es eigentlich nicht tue. Auch wenn mein Leben eigentlich ein einziger Scheiterhaufen ist, der nur darauf wartet, dass jemand das Feuer entfacht.

Kapitel 14

Ich stehe immer noch in diesem kleinen, aber wunderbar gemütlichen Ballon. Atme ganz bewusst tief ein und aus. Bin einfach mal ruhig und genieße die Stille um mich herum. Lasse die Worte verstummen und die Gedanken sprechen. Schiebe die negativen Gefühle beiseite und schätze einfach den Moment. Bewege mich nicht, doch gehe in meinem Inneren einen riesigen Schritt nach vorne. Entwickle mich, ohne es wirklich zu merken. Werde stärker. Tanke aus der Ruhe Kraft. Vergesse, dass da jemand neben mir steht. Vergesse, dass ich vielleicht gerade etwas Bestimmtes tun wollte. Das kann warten. Jetzt gibt es nur mich, auch wenn nur für wenige Minuten oder gar Sekunden. Es tut verdammt gut. Denn der Weg zu mir selbst, der Weg zu meinen unendlichen Möglichkeiten, der liegt in mir. Ich muss ihn manchmal nur wiederfinden, denn verstecken kann er sich ganz schön gut. Aber manchmal, da zeigt er mir durch klitzekleine Hinweise, wo er ist. Wo ich entlanggehen muss, um glücklich zu sein – und zwar langfristig. Schließlich bringt mir Vorübergehendes nichts. Klar, es bereichert mich für kurze Zeit, doch zieht nicht mit, wenn ich ein nächstes Kapitel beginne. Wenn ich eine weitere Seite meines Lebens mit Worten fülle. Mit Taten, Erlebnissen und Momenten. Hoffentlich unvergesslichen Momenten, denn das ist das, was zählt. Das, was wirklich einen Wert hat und aus mir einen ausgeglichenen Menschen macht. Was mich meine innere Mitte finden lässt. Dazu gehören Erfahrungen. Gute sowie schlechte, denn die, die nicht genau so geschehen, wie ich es mir vielleicht gewünscht habe, bringen mir am meisten. Die lassen mich einen Marathon laufen, obwohl ich nur für einen Kilometer trainiert habe. Was ich will, ist nicht immer das, was ich erreichen kann. Was ich kann, ist nicht immer das, was ich mache. Es gibt ein Leben außerhalb der Komfortzone – und zwar ein fantastisches. Ich muss manchmal einfach die Augen ein klein wenig zukneifen, um es zu sehen. Muss meinem Kopf sagen, dass er nun meinem Herzen den Vortritt lassen muss. Denn mein Herz kennt keine Grenzen. Und wenn doch, weiß es, wie und wann es sie zu überwinden hat. Es gibt Situationen, da muss man einfach tun. Nicht auf morgen warten. Nicht auf den richtigen Moment warten. Nimm den Moment und mach ihn zu dem, auf den du gewartet hast. Gestalte ihn dir genau so, wie du es möchtest. Füge diese Gefühle hinzu, die du gerade fühlen möchtest. Erlebe diesen Moment mit den Menschen, die du um dich haben möchtest. Und sage diese Worte, die du selbst aus deinem Mund hören möchtest. Mach mehr, was du willst, und nicht, was dir andere Menschen sagen oder gar einreden wollen. Das hat absolut keinen Sinn. Zeige ihnen, dass du alleine leben kannst. Dass du alleine klarkommst. Dass du dir schon Hilfe holst, wenn du das möchtest. Du alleine bist verantwortlich für dein Leben. Also leb dein Leben auch so, wie du es willst. So, dass du am Ende sagen kannst, dass du stolz bist. Stolz auf dich selbst. Stolz auf deine Taten. Stolz auf deine Worte.

Ich bin stolz.

Mein Handy klingelt. Zeigt mir, dass mich gerade eine neue Nachricht erreicht hat. Und zwar eine Nachricht von *Lewis_K*, wie ich sogleich sehe. Ohne den Grund dafür zu kennen, beginne ich zu lächeln. Obwohl ich den Inhalt seiner Nachricht noch nicht kenne, wird mir ganz warm ums Herz. Zum ersten Mal kommen mir die Gedanken, dass da eventuell mehr als nur Freude in meinem Körper sein könnte, doch zwinge ich mich direkt dazu, die Worte wieder zu vergessen. Ich muss mich von Männern, die sich für mich interessieren, fernhalten. Alles, was sie wollen, ist, mich zu zerstören, mir alles zu nehmen, was ich habe. Mir alles zu nehmen, was ich fühle. Mir nur das zu hinterlassen, was sich nicht gut anfühlt. Was mich ganz langsam, Stück für Stück, zerreißt. Diese Männer sind nur darauf aus, mich zu zerbrechen.

„Alles gut bei dir? Du wurdest noch nicht entführt, ja? Sonst hättest Du hoffentlich angerufen!" Ich sauge *seine* Worte nur so in mich auf.

„Oh ja, da hättest Du bereits zehn verpasste Anrufe auf deinem Telefon! Bei mir ist alles gut!", erwidere ich schnell.

„Was verpasste Anrufe? Denkst Du, ich wäre nicht rangegangen?"

„Bestimmt, aber das kann ich doch nicht von Dir verlangen??"

„Warum nicht?"

„Hm, weil ich Dich kaum kenne?"

„Das sehe ich anders. Hey, Du kennst meine Lieblingsfarbe!?!?"

„Idiot! Ich meine natürlich diese Dinge, die wirklich wichtig sind."

„Mir ist die Farbe Anthrazit also schon wichtig."

„Du weißt genau, was ich meine!"

„Natürlich. Es freut mich, dass es Dir gut geht! Wäre gerne bei Dir."

Stopp. Was hat er mir da gerade geschrieben? Mir stockt der Atem.

„Also ich meine natürlich als Aufpasser, wo doch niemand weiß, wo Du bist!", fügt er der vorherigen Nachricht hinzu und lässt mich aufatmen.

„Das ist wirklich nett von Dir, aber ich kann gut auf mich selbst aufpassen."

Eine verdammte Lüge! *„Soll ich die soeben gesendete Nachricht lieber löschen?"*, denke ich mir sofort, bin jedoch in derselben Sekunde froh, dass Lewis bereits geantwortet hat, sonst hätte ich meine Aussage nur entkräftet. Und ich will für einmal stark sein. Stark wirken. Auch wenn es nicht der Wahrheit entspricht.

„Wenn Du meinst. Mir wäre es trotzdem lieber", antwortet Lewis und geht im nächsten Atemzug offline. *„Er weiß doch sowieso, dass ich momentan nicht so stark bin, wie ich mich gebe"*, schießt es mir durch den Kopf. *„Er spürt es einfach!"*

„Nora, ist alles gut?", dringt plötzlich Ellas Stimme an mein Ohr. Ich will mein Gedankenwirrwarr beenden und ihr antworten, finde aber kein Ende. Dieses ewige Hin und Her macht mir zu schaffen. Mal ist es die Angst und die Trauer, die mein Inneres zerbrechen lassen, manchmal ist es die wohlige Wärme, die sich bis ins Unermessliche steigert und mein Inneres zu verbrennen droht. Mal weine ich, mal lache ich. Vom einen Mann werde ich vergewaltigt, mit dem anderen schreibe ich Textnachricht um Textnachricht, als wäre es das Normalste auf der Welt. Ja, es fühlt sich unglaublich richtig an, mit ihm zu schreiben. Es hat so gutgetan, zu lesen, dass sich jemand Sorgen um mich macht. Dass mich eigentlich jemand retten würde, wenn es mir nicht gut geht. Wenn ich es ihm nur sagen könnte. Wenn ich vor ihm zugeben könnte, dass es mir nicht gut geht. Dass ich eigentlich Hilfe brauche. Ich weiß es, will es aber vor anderen nicht preisgeben. Verstecke mich. Will stark sein. Mein Leben trotzdem auf die Reihe kriegen. Obwohl ich weiß, dass es besser wäre, mir Hilfe zu holen. Aber wie?

„Ja, alles gut!", höre ich mich plötzlich mit ziemlich sicherer Stimme sagen. Scheinbar konnte ich mich von all diesen Gedanken losreißen. Darf ich nun endlich den Moment genießen? Darf ich es zulassen, glücklich zu sein? Auch wenn nur für wenige Minuten?

„Hey, warum weinst du denn, Nora?", höre ich jedoch Olivia ganz direkt und schonungslos fragen. Greife mir mit meinen Fingern sofort unter die Augen, und siehe da, das feuchte Nass ist bereits leicht getrocknet. Ich habe tatsächlich geweint, ohne es zu merken. *Diese ganze Ballonfahrt stellt alles auf den Kopf*, denke ich mir mit einem innerlichen Lächeln der Erschöpfung. Schnell ziehe ich mir den rechten Ärmel meines Jäckchens noch etwas weiter über meine Hand und versuche damit, die Tränen gänzlich zu trocknen. Es ist mir peinlich, meine innersten Gefühle ganz unbemerkt offenbart zu haben. Einmal mehr wird mit bewusst, wie sehr ich es hasse, die Kontrolle zu verlieren. Sei es die Kontrolle über einen Gegenstand oder ein Gefühl. Ich möchte alles überwachen. Ich möchte steuern, wem ich was zeige und vor wem ich meinen innersten Kern lieber verstecke – aus welchem Grund auch immer.

„Hier, ein Taschentuch. Es kommt alles gut!", wispert Ella, während sie in ihre Handtasche greift und mir das weiße Tuch entgegenhält. Ich bedanke mich mit einem stummen Nicken. Möchte ihr mit einem starken Lächeln zeigen, dass sie recht hat. Dass schon alles wieder gut kommen wird. Doch aus dem starken Lächeln wird ein lächerlich schwaches Zucken meiner Mundwinkel. Ella ist den Tränen ebenfalls nahe, das kann ich spüren. Doch was sie nicht weiß, ist, dass mein Augenwasser gerade nicht daher rührt, dass meine

Eltern verstorben sind. Ja, ich spüre sie gerade so stark in meinem Herzen wie schon lange nicht mehr. Doch diese Tränen, die da gerade aus meinen Augen gequollen sind, haben absolut nichts damit zu tun. Nein. Verdammt noch mal nein. Es ist die Erkenntnis, dass ich zugelassen habe, kaputtzugehen. Dass ich zugelassen habe, dass Brandon in genau diesen innersten Kern gelangt ist, in den ich eigentlich nur ganz bestimmte Leute lasse. Ihm hätte ich es ganz sicher nicht erlaubt. Er ist der Grund, warum ich mein Leben nicht mehr auf die Reihe kriege – zumindest in meinem Inneren nicht. Vorspielen lässt sich alles, das habe ich in den letzten zwei Wochen zur Genüge gelernt.

Verflucht. In meinem Inneren tobt ein gewaltiger Sturm, der kaum einzudämmen ist. Er hat mich von hinten überrascht und in voller Länge umgehauen. Nach außen sind es nur ein paar Tränen, aber ich kann im Moment kaum einen klaren Gedanken fassen, geschweige dann diesen irgendwie sinnvoll formen, ich kann ihm keinen Grund geben. Nein, mein Kopf versagt mir gerade vollends den Dienst. Es gibt kein Gut und Böse mehr. Da ist einfach nur ein unbestimmtes Etwas. Vielleicht ist es mein Leben. Zumindest das, was davon übrig geblieben ist. Und damit will ich mir zeigen, dass ich nun auch einfach aus dem Ballonkorb springen könnte. Dass es eigentlich keinen Grund gibt, wieder auf den sicheren Boden zurückzukehren. Dass da einfach nur ein großes Nichts auf mich warten würde. Und wer will das schon? Ein Leben im Nichts. Das hat doch alles keinen Sinn mehr!

Doch da ist noch etwas in meinem Kopf. Hinter all den unzähligen, kleinen Teilchen meines Lebens, die sich langsam, aber sicher zu einem kleinen Häufchen auftürmen. Ja, ganz hinten, da beginnt jemand, mit genau diesen für mich so wertlosen Teilchen meines verdammten Lebens ein wunderschönes Mosaik zu basteln. Da reiht jemand ein kaputtes Bruchstück an das andere und macht damit einen neuen Menschen aus mir. Einen viel besseren Menschen. Einen, der weiß, wofür es sich zu leben lohnt. Für die Bibliothek. Für Miss Kicket. Für meine Freundinnen. Für Lewis.

Lewis? Ist er dieser Jemand, der da mein Leben wieder aufbaut? Ist er für mich nicht mehr nur *ein Fremder*? Ist er, ohne dass ich es gemerkt habe, zu einem Freund geworden? Der Sturm in meinem Körper beruhigt sich allmählich. Der Regen hat noch nicht nachgelassen, doch der Wind ist weitergezogen. Tobt nun womöglich in einem anderen Körper. In der Hoffnung, er könne diesen bezwingen. Denn bei mir hat er es nicht geschafft. Lewis hat ihn vertrieben. Ihm gezeigt, dass er mein letztes Stückchen Haut und Knochen nicht überwältigen kann. Dass er da erst an ihm vorbeimüsste.

„Gewiss", hat er mir geantwortet, als ich ihm gesagt habe, ich werde wohl an ihn denken, wenn ich neue Kraft benötigen würde. Und genau das habe ich gemacht. Hat er das gespürt? Hat er es bereits heute Morgen gewusst? Dieser Mensch ist mir ein Rätsel. Manchmal, da ist er mir noch so fremd, doch dann habe ich das Gefühl, ich kenne ihn bereits seit Jahren. Manchmal, da glaube ich, ihn nicht zu brauchen, doch dann realisiere ich, dass er bereits zu einem festen Bestandteil meines Lebens geworden ist. Will ich das zulassen? Will ich mich nach Brandon einem weiteren Mann öffnen? Hat er mir diese Entscheidung nicht schon längst abgenommen? Hat er nicht schon längst entschieden, dass er der letzte Mann in meinem Leben sein wird? Der letzte Mann, der mich berühren wird? Der letzte Mann, der in meinem Bett oder auf meinem Sofa liegen wird?

Brandon. Dieser verfluchte Mistkerl.

Kapitel 15

Mittlerweile hat sich der Himmel über uns leicht rot verfärbt und Ella, Olivia und ich sind in der kleinen, aber unheimlich gemütlichen Airbnb-Wohnung in der etwa sechzig Kilometer von Melbane entfernten Stadt Tempson angekommen. Hier werden wir die nächste Woche übernachten. Dieses Jahr hätte sie keine Lust auf ein Zelt gehabt, hat Olivia direkt verkündet, als wir auf dem Ballonlandeplatz etwas außerhalb von Tempson wieder in das Auto von Ella gestiegen sind. Ich kann Olivia verstehen, doch manchmal ist sie wirklich ein wenig verwöhnt. Wie auch immer, ich sitze gerade in einem gemütlichen Sessel im Wohnzimmer unserer Airbnb-Wohnung und lese in einem mitgebrachten Literaturmagazin. Ella steht unter der Dusche und Olivia hat sich kurz vor die Tür verabschiedet, um mit ihrer Schwester zu telefonieren. Die Ruhe tut gut, das kann ich spüren. Doch mit jeder Sekunde werde ich nervöser. Zusammen mit meinen beiden Freundinnen verspüre ich keine Angst, dass Brandon auftauchen könnte, doch sobald ich alleine bin, habe ich das Gefühl, er sei längst hier und beobachte mich aus einem bestimmten Versteck, wo ich ihn nicht sehen könne.

„Nora, bist du ready? Ich denke, wir können in etwa zehn Minuten los", reißt mich Ella aus meinen Gedanken und streckt dabei kurz ihren Kopf aus dem Badezimmer. Ich bin froh, denn augenblicklich verschwindet die Unsicherheit aus meinem Körper. *Er wird nicht kommen*, sage ich mir in Gedanken und versuche so, mich davon zu überzeugen. Aber natürlich, wenn ich ehrlich bin, habe ich keine Ahnung, ob er kommen wird oder nicht. Ich habe absolut keine Ahnung.

„Ja, ist okay. Ich lese hier noch die Seite fertig und dann bin ich bereit!", antworte ich.

„Perfekt. Wo ist Olivia?"

„Draußen. Telefonieren."

Ella nickt und verschwindet wieder im Badezimmer. Wie sie in zehn Minuten bereits loswill, ist mir noch ein Rätsel. Ihre Haare sind noch ganz nass und ihr Gesicht noch frei von Schminke. Sie weiß, dass ich es nicht mag, wenn sie sich schminkt. Denn ich finde, sie hat, auch ohne irgendetwas daran zu ändern, ein wunderschönes Gesicht, so natürlich und perfekt, doch sie will es mir nicht glauben. Zwar schminkt sie sich für die Arbeit nicht, doch kaum trifft sie sich mit uns im Café oder geht sonst mit jemandem aus, brezelt sie sich unnötigerweise auf.

„Ella?"

„Ja?"

„Willst du dich heute einmal nicht schminken?"

Eine kleine Pause entsteht. Wahrscheinlich habe ich sie mit meiner Frage etwas überrascht.

„Gibt es einen bestimmten Grund dafür?", ertönt es dann jedoch fragend aus dem Bad.

„Nein, einfach so. Geht doch auch ohne, oder?"

„Ja klar, aber ich will mich doch für deine Eltern hübsch machen."

„Du weißt, was meine Eltern dir immer und immer wieder gesagt haben?"

„Okay, okay! Ich lass die Schminke weg!"

Ich muss unwillkürlich lächeln. Ihre Stimme klang bei diesem einen Satz so spielerisch beleidigt, dass ihr selbst ein leises Glucksen entfuhr.

„Du bist die Beste!", rufe ich laut, damit sie es auch sicher hört, wobei dieser Gedanke bei dieser kurzen Entfernung zwischen uns beiden ziemlich lächerlich ist. Doch sie findet es witzig, lächelt nun auch und tritt aus dem Badezimmer.

„Wow!", sage ich anerkennend. Sie hat sich in so kurzer Zeit eine wunderhübsche Flechtfrisur in die blonden, langen Haare gezaubert, dass mir glatt die Spucke wegbleibt.

Sie lächelt etwas peinlich berührt, wirft sich dann jedoch stolz die übrigen, offenen Haare über ihre Schulter.

„Sieht super aus!", lobe ich sie, stehe auf und schließe sie in meine Arme.

„Diese Frisur hat dein Vater doch immer so geliebt!", flüstert sie in mein Ohr und drückt mich etwas fester an ihren Oberkörper. Ihre großen Brüste nehmen mir kurz den Atem, doch dann drücke auch ich sie noch etwas fester an mich. Ja, mein Vater hat sie geliebt.

„Hey! Gruppenkuscheln ohne mich? Was soll das?", platzt Olivia in diesem Moment in den Raum und schlingt ihre beiden Arme um uns.

„Mann, wie neidisch du manchmal sein kannst!", gibt Ella lachend von sich und ich spüre ihren Körper beben. Doch Olivia lässt nicht von uns ab, sondern bejaht Ellas Aussage mit einem heftigen Nicken. „So bin ich eben", fügt sie dann schulterzuckend hinzu und bringt Ella dabei nur noch mehr zum Lachen. Ich muss schmunzeln.

„Mann, habe ich schon erwähnt, dass ihr die Besten seid?"

Meine beiden Herzensmenschen nicken eifrig und Ella löst sich langsam aus unserer Umarmung.

„Das eine oder andere Mal bestimmt! Also los, lass uns gehen! Wir haben eine lange Nacht vor uns!"

Und damit verspricht Olivia nicht zu viel. Die beiden entführen mich zuerst in die *Blue Bar* um die Ecke, um mich – wie sie es gerne alle fünf Minuten betonten – wieder etwas an das Nachtleben einer *normalen* 21-Jährigen zu gewöhnen. Obwohl sie genau wissen, dass ich eine absolut unterdurchschnittliche Party-Gängerin bin. Nein, ich bin eher eine solche Frau, die sich am Freitag- und Samstagabend mit einem guten Buch und einem guten Snack auf das gemütliche Sofa oder unter die warme Bettdecke verkriecht. Nicht dass ich den Kontakt zu anderen Menschen nicht mögen würde, nein, einfach weil mir diese Ruhe guttut. Weil mich die Ruhe und die Gelassenheit an den Abenden den alltäglichen Stress vergessen lassen. Mich für den nächsten Tag stärken. So kann ich jeden Samstag und jeden Sonntag um 08:00 Uhr aufstehen und den Tag optimal nutzen. Klingt für manche spießerisch, ist für mich aber genau das Richtige.

Vielleicht habe ich aus diesem Grund auch noch keinen Freund. Ich treffe nicht, wie viele andere junge Leute, andauernd neue, attraktive Leute. Und wenn, dann spreche ich sie nicht wie viele andere junge Leute in meinem Alter mit dem Ziel an, sie anschließend in mein Bett zu kriegen. Himmelherrgott nein, in meinem Bett hatte ich die letzten Wochen genug Fremde. Das ist eigentlich mein Reich. Der Ort, an dem ich nur für mich alleine bin.

Aber um nun zurück zu unserem ersten Abend zu kommen, diese *Blue Bar* hat mich wirklich überrascht. Als ich den Namen zum ersten Mal aus Olivias Mund gehört habe, dachte ich sofort an eine schlechte Anspielung. Ich fragte mich, ob diese Bar denn nur betrunkene Leute reinlassen würde, und begann insgeheim zu hoffen, dass dies nicht der Fall sein würde. Denn wenn ich ehrlich bin, mag ich keinen Alkohol. Ob es die fehlenden Vorteile oder die tatsächlichen Nachteile sind, die mich vor zwei Jahren zum Entscheid, von nun an keinen Alkohol mehr zu trinken, gebracht haben, kann ich nicht genau sagen. Vielleicht macht es genau die Mischung aus beidem aus. Auf jeden Fall hat mich die Bar bei ihrem ersten Anblick fasziniert. Noch nie zuvor hatte ich eine Bar gesehen, die eine so behagliche, gemütliche Atmosphäre verbreitete. Jeder einzelne Mitarbeiter hatte nebst der königsblauen Schürze um seine Hüfte genau das richtige Lächeln auf den Lippen. Eines, das breit genug, aber nicht aufgesetzt war. Eines, das einladend genug, aber nicht erzwungen war. Unter meinen weißen Chucks erstreckte sich ein dunkelbrauner Holzboden über den gesamten Raum. Zusammen mit den dunkelgrauen Tischen passte einfach alles perfekt zu den leicht cremefarbenen, matten Vorhängen neben den kleinen, schnuckeligen Fenstern. Im ersten Moment sah es eher wie ein unglaublich reizendes Wohnzimmer aus, doch beim zweiten Blick auf die blauen, mit sehr viel Mühe und Liebe gestalteten Getränkekarten auf den Tischen und die Hunderte von Gläsern hinter der Theke war der Fall klar. Dies war die wunderschönste Bar, die ich je zu Gesicht bekommen hatte. Ich genoss jede einzelne Minute darin. Genoss die Getränke, die ich trank, die Unterhaltungen, die ich führte und die Gedanken, die ich dachte. Denn der einzige Mann, dem ich meine Gedanken widmete, war Lewis. Die Bar würde ihm gefallen.

Vor allem die Tische, die ja in seiner Lieblingsfarbe gestrichen waren. Womöglich hätte er sich mit mir an die einladende Bar gesetzt, um da den ganzen Abend zu quatschen und zu lachen. Er hätte mir mit seiner wunderschönen Stimme immer und immer wieder gesagt, wie schön ich aussehen würde und wie glücklich er sei, mit mir hier sitzen zu dürfen.

Moment. Hätte er das wirklich gemacht? Warum sollte er? Er kennt mich ja genauso wenig wie ich ihn. Wir haben uns noch nicht ein einziges Mal gesehen. Meine Gedanken drohen sich zu überschlagen.

Zurück zu unserem wunderbaren Abend: Wir verlassen die Bar etwa um 19:20 Uhr, um in das etwa fünf Minuten weiter südlich gelegene Restaurant zu wechseln. Ein italienisches Restaurant, wohlbemerkt. Genau die Art von Restaurant, das meine Eltern stets besuchen wollten, da sie nie genug von Pizza und Pasta haben konnten. Kaum angekommen, treten wir ein, setzen uns in eine gemütliche Ecke und bestellen sogleich unser Essen. Wir sprechen über die Ballonfahrt, über die Bibliothek und natürlich über meine Eltern, besser gesagt über das Fotobuch, das sie mir gebastelt haben. Zusammen gehen wir Seite für Seite noch mal durch – lachen und trauern. Doch es kommt zu keinen Tränen, ich bin einfach nur froh, darüber sprechen zu können und jemanden zu haben, der es einfach zu hundert Prozent versteht. In drei Tagen ist der Todestag meiner Eltern, der 5. Dezember, das ist nun zwei Jahre her. Ich hatte nun zwei Jahre Zeit, damit abzuschließen, aber es hat nicht geklappt. Ich traure noch immer. Verstehe kaum, warum es genau sie sein mussten, die in diesen Flieger stiegen, der den Boden viel zu früh wieder erreichte. Hätten sie mich doch nur auf diese eine Reise mitgenommen. Dann würde ich jetzt nicht alleine hier sitzen und in Trauer versinken. Weil diese hat mich wie eine Welle mitgerissen und auf den Grund und Boden meines Lebens gedrückt. Wie damals beim Surfen mit meinem Vater. Nur spüre ich die Schmerzen noch immer in meinem Körper. Es tut weh, genau zu wissen, dass ich sie hier auf dieser Welt nie wiedersehen werde. Dass sie mich in diesem Leben nie wieder in die Arme schließen werden.

Aber genauso tut es gut, zu wissen, dass ich mit jemandem darüber sprechen kann. Die Phase, in der ich den Schmerz in mich hineingefressen habe, ist längst vorbei. Wenigstens kann ich nun die herzzerreißenden Gefühle in Worte fassen und zulassen, dass die aufbauenden Sätze in meinem Herzen Wirkung zeigen. Ich kann mir helfen lassen. Zwar nicht professionell, aber von meinen Liebsten. Zwar tut es weh, daran erinnert zu werden, aber ich verliere nicht die Hoffnung, dass ich so damit werde abschließen können.

Eines Tages.

Kapitel 16

Ich liege auf einem mir unbekannten, glatten, harten Boden. Alles um mich herum ist still. Doch es ist keine gewöhnliche Stille. Nein, es ist diese Stille, bei der man weiß, es wird in wenigen Sekunden etwas passieren. Es wird geschehen und dennoch unerwartet kommen. Es wird zur Realität werden und einem doch erschrecken. Es wird nichts Gutes sein.

Das Blut in meinen Adern gefriert. Nervös reiße ich beide Augen auf und versuche irgendetwas zu erkennen – erhoffe mir irgendwelche Lichtquellen, Umrisse oder Schatten. Doch undurchdringliche Dunkelheit umgibt meinen Körper. Ich kann mich kaum bewegen – fühle mich wie gelähmt. Will meinen Kopf ruckartig in alle Richtungen drehen, um vielleicht in einer anderen Richtung irgendeine Lichtquelle, einen Schatten oder einen Umriss zu erkennen. Aber alles ist völlig umsonst, ich sehe absolut nichts. Ich kann kein einziges Körperglied bewegen.

Und plötzlich – plötzlich, da streift meine Haut eine leichte Brise. Ich kann sie kaum spüren und doch ist sie so unglaublich präsent. Die klitzekleinen Härchen auf meinen Armen und Beinen richten sich auf, eine Gänsehaut bildet sich und ich fröstele unwillkürlich. Hätte ich nun etwas Wärmendes zur Hand, würde ich es augenblicklich zu mir nehmen und meinen Körper damit aufheizen. Doch dafür müsste ich meine eiskalten Hände und meinen restlichen Körper erstmal bewegen können. Und dafür müsste ich mir wiederum erst einmal im Klaren darüber werden, ob mir einfach die Kraft zur Bewegung fehlt oder ob es die tiefe Dunkelheit um mich herum nicht zulässt. Ich weiß nur, dass ich weder etwas spüren noch etwas zu fassen kriegen kann. Obwohl ich will. Obwohl mich diese Leere um mich herum wahnsinnig macht. Wo bin ich? Was tue ich hier? Und vor allem, wie komme ich hier wieder weg?

Verdammt. Auf einmal beginnt sich die dunkle Welt um mich herum langsam zu drehen. Mit jeder weiteren Frage, die ich mir lautlos stelle, wird es ein bisschen schneller. Zuerst bleibe ich noch bewegungslos liegen, doch dann reißt es mich von der einen auf die andere Sekunde mit. Die Dunkelheit verformt sich ohne Vorwarnung zu einer trichterförmigen Vertiefung und es zieht mich durch die rasante Drehbewegung immer weiter nach unten. Ich gerate in einen gefährlich tiefen Strudel. Einen Strudel aus Buchstaben, Wörtern und Satzzeichen. Um mich herum drehen sich Hunderte von Punkten, Tausende von Kommas und Millionen von Ausrufezeichen. In der einen Sekunde schweben sie, als hätten sie Flügel. In der nächsten gleiten sie so sachte vom einen zum anderen Ort, als würden sie von Wellen getragen werden. Sie sind allesamt schwarz, werden eins mit der Dunkelheit – doch ich kann sie sehen. Ich erkenne ganz genau, wie sie um einen Mittelpunkt von verschiedensten Fragezeichen kursieren, als würden sie darauf aufpassen. Als würden die Fragezeichen nicht dahin gehören und jederzeit flüchten wollen.

Mittlerweile höre ich das Blut in meinen Ohren rauschen. Es steigt mir immer mehr zu Kopf, als würde ich bereits seit Stunden im Kopfstand stehen. Als würde mich ein Strudel immer weiter in die Tiefe ziehen und Stück für Stück von meinen Gedanken und meiner Wahrnehmung Besitz ergreifen. Sie einnehmen und verändern. Ich glaube, ich drehe durch. Wortwörtlich. Dass ich nicht schon längst das Bewusstsein verloren habe, wundert mich. Oder vielleicht ist das genau die Lösung für meine vielen Fragen. Vielleicht bin ich gerade dabei, zu sterben? Fühlt sich das so an? Ich weiß es nicht. Ich weiß nicht, was innerlich passiert, wenn man stirbt. Ob man wie in einem Film sieht, wie das gesamte Leben noch einmal an einem vorüberzieht. Oder werden die ganzen Erlebnisse dann eben zu solch einem verdammten Strudel, aus dem man ohne Hilfe nicht mehr herauskommt?

Ich habe keine Ahnung.

Schließlich bin ich noch nie gestorben.

Ich *drehe* durch – nun aber wirklich.

Doch auf einmal gibt es da keine Fragen mehr und ich stehe wieder still. Auf einmal weiß ich ganz genau, was passiert. Ich spüre jeden einzelnen Teil meines Körpers wieder und könnte ihn sogar bewegen. Doch ich traue mich nicht. Zu groß ist die Ungewissheit, was passiert, wenn ich es tue. Also versuche ich mich wieder auf die Dunkelheit zu fokussieren. Blicke geradeaus ins Leere. Spüre, wie meine Lider dabei immer schwerer werden. Ich werde müde, die ganze Situation überfordert mich vollends. Doch bevor ich einschlafen kann, weckt ein Angst einflößender Umriss meine Aufmerksamkeit. Trotz der dichten Dunkelheit sehe ich den Umriss einer Person. Erneut ist alles schwarz und es lässt sich eigentlich nicht zwischen einer Person, der Leere und der Dunkelheit unterscheiden. Doch mir gelingt es. Anhand seiner Größe und der breiten Schultern kann ich sogar erkennen, dass es ein Mann ist. Doch bevor ich sein Gesicht genauer unter die Lupe nehmen und definieren kann, wer es ist, verschwimmen seine Gesichtszüge zu einem einzigen, unscharfen Kreis. Ich spüre, wie ich beide Augen zusammenkneife, um so vielleicht Genaueres erkennen zu können, doch ich habe absolut keine Chance. Auch nicht dann, als mir der Mann immer näher kommt. Er macht kleine Schritte, aber in unglaublich kleinen, regelmäßigen Abständen. Er läuft, und doch schwebt er über mir. Er macht Schritte, aber scheint doch irgendwie zu fliegen. Wie eine Marionette. Eine Furcht einflößende Marionette, die von ungeheuren Menschen gesteuert wird. Mit jeder Sekunde jagt er mir größere Angst ein. Was will er von mir?

Stopp.

Keine weiteren Fragen mehr.

Ich will raus aus dieser abnormalen Welt. Raus aus dieser Welt, die mir so fremd ist. Meine Welt, die ich kenne, ist voller Farben. Voller wunderbarer Menschen. In meiner Welt fühle ich mich wohl – zumindest dann, wenn Brandon sich darin *nicht* unerlaubten Zutritt verschafft, weil seine Eier nach purer Befriedigung schreien und sein Penis sich zu einer wahren Latte verwandelt.

Eier. Penis. Brandon. Kann es sein, dass dieser Mann vor mir Brandon ist? Augenblicklich erstarre ich. Wenn das vor mir Brandon ist, dann ist er wirklich überall. In jeder verdammten Ecke meines Lebens, auch in diesem verfluchten Traum hier. Ja, langsam verstehe ich, was ich hier gerade tue. Was hier gerade passiert.

Ich träume.

Es ist ein verdammter Albtraum.

Aber normalerweise finden doch diese, sobald es so richtig brenzlig wird, ihr Ende. Normalerweise wacht man doch immer kurz vor dem Höhepunkt auf, oder nicht? In meiner Gedankenwelt steht nun definitiv alles kopf. Ich kann kaum mehr klar denken. Und dann kommt mir dieser Mann auch noch immer näher. Langsam schleicht sich die Angst so tief in meine Knochen, dass ich mich immer mehr frage, wie ich sie jemals wieder aus meinem Körper kriegen soll. Wie ich jemals wieder normal werden kann. Ich weiß es nicht. Ich habe einfach nur Angst. Liege noch immer auf diesem glatten, harten Boden und fröstle. Schaue zur imaginären Decke und meine, da einen Mann auf mich zuschweben zu sehen. Zentimeter für Zentimeter kommt sein Körper dem meinen näher. Millimeter für Millimeter sehe ich weniger von seinem Gesicht. Aber mittlerweile kann ich die Farbe seiner Haare erkennen – blond-braun sind sie. Die Farbe wirkt inmitten der Dunkelheit brutal absurd, aber ich bin sicher, dass es blond-braun ist. Ja, fast golden, und zwar golden *glänzend*. Es kann also nicht Brandon sein. Innerlich atme ich auf. Auch wenn meine Gefühle noch immer von Angst und Nervosität geprägt sind, bin ich erleichtert, dass mich in diesem Traum hier für einmal nicht Brandon heimsucht. Sonst ist er es immer, der mir einen Schreck einjagt. Aber nein, der hier über mir ist nicht mein Vergewaltiger. Er bewegt sich viel leichtfüßiger. Er besitzt eine viel positivere Aura. Das kann ich alles auf eine ganz besondere Art und Weise spüren. Es ist nicht Brandon. Ich weiß es einfach, als hätte es mir jemand ganz leise und unbemerkt ins Ohr geflüstert oder mir in einem geheimen Brieflein mitgeteilt. Er ist es nicht.

Aber wer war es dann? Wer könnte mich sonst noch in meine tiefsten Träume verfolgen? Welche Person aus meinem Leben beschäftigt mich so sehr, dass ich die Erlebnisse mit ihr im Schlaf verarbeiten muss? Wer hat sich da ganz unbemerkt unter die bedeutsamsten Menschen in meinem so unbedeutenden Leben gemischt?

Wer will mich lehren? Wer will mich mit Erfahrungen bereichern? Ich kann mir meine vielen Fragen nicht beantworten. Die unscharfen Umrisse lassen sich mit keiner Person aus meinem Leben vergleichen. Niemand hat so einen Gang. Niemand bewegt sich so leichtfüßig und unbekümmert. Niemand würde in einem Albtraum so positiv auftreten.

Doch dann höre ich auf einmal *diese* Stimme. Diese Stimme, die ich schon mal gehört habe, aber damals nur mit Mühe und Not einem mir bekannten Menschen zuordnen konnte. Es ist *seine* Stimme. Brandons Stimme. Seine wunderschöne und gleichzeitig Angst einflößende Stimme. Aber dieser Mensch vor mir ist nicht Brandon.

Und doch sagt *seine* Stimme genau *diese* drei Worte, die ich von ihm schon mal vernommen habe. Diese drei Worte, die mich bereits damals total aus dem Konzept brachten. Diese drei Worte, die damals noch Tage danach in meinen Ohren lagen und die mir auch heute nicht so schnell aus dem Kopf gehen werden.

„Also dann, lebe wohl!"

Aber das da vor mir ist nicht Brandon.

Nein.

Diese Stimme gehört nicht nur ihm.

Nein.

Es gibt noch einen anderen Mann, der mit dieser Stimme spricht.

Ja.

Lewis.

Ein lauter Schrei ertönt. Ich wache auf und setze mich ruckartig auf. Mein Atem geht stoßartig und auf meiner Stirn tummeln sich Hunderte von Schweißperlen. Mir ist kalt. So ziehe ich schnell meine Bettdecke, die im Laufe der Nacht auf den Boden gefallen ist, wieder auf mein Bett und direkt über meine beiden Beine. Dann blicke ich nervös um mich und sehe, dass meine beiden Freundinnen noch friedlich schlafen. Beruhige mich sogleich, weil ich weiß, dass sie demnach nichts gehört haben können. Wie ich es ihnen wohl erklärt hätte, wenn sie etwas gehört hätten?

Ich werde es wohl nie erfahren, denn in der nächsten Sekunde lege ich mich wieder hin, decke mich zu und versuche aufs Neue einzuschlafen. *„Es war nur ein Traum"*, sage ich mir in Gedanken. Kein Grund also, mich nun in etwas hineinzusteigern. *„Es war nur ein Traum, Nora!"*

Ich schließe meine Augen und lasse meine Gedanken schweifen. Vergesse, was da gerade passiert ist. Was ich gerade gehört habe. Und was für eine Erkenntnis sich da gerade den Weg in meinen Kopf bahnen wollte. Ich tauche in eine ganz neue Welt ein. Eine Welt, in der alles wieder gut ist. In der es keinen Brandon, keine Vergewaltigungen und keine Schmerzen gibt. Eine Welt, in der es keinen Lewis gibt, der sich bereits viel zu weit in mein Leben geschlichen hat. Eine Welt, in der meine Eltern noch leben und in der ich unglaublich glücklich bin. Eine Welt, die es so nie wieder geben wird.

Ich spüre, wie mir wieder die Tränen in die Augen treten, und wische mir schnell mit einem Zipfel des Kissens über meine geschlossenen Augen. Das soll keine Nacht der Tränen werden. Ich will stark sein. Für meine Eltern. Für meine beiden Freundinnen. Brandon soll keinen Einfluss mehr auf mich haben. Das ist er schlichtweg nicht wert. Dafür ist er ein viel zu schlechter, rücksichtsloser und arroganter Mensch. Ich hasse ihn. Ich hasse seinen Namen, seine Taten – ja, einfach sein gesamtes Wesen, das es eigentlich gar nicht verdient hat, einen Platz auf dieser Erde zu haben. Schon gar nicht einen Platz in *meinem* Leben. Mein Leben, das vor knapp zwei Jahren noch so vollkommen war. Das ich vor knapp zwei Jahren noch so genossen habe. Aber der Verlust meiner Eltern und meines Körpers haben mir alles genommen. Haben alles zerstört. Mich und mein gesamtes Dasein.

Und mit diesen Gedanken verliere ich mich erneut im großen, weiten Land der Träume.

Doch dieses Mal im *guten* Land der Träume.

Bis dann.

– *Teil 3* –

Er verlässt mich

Kapitel 17

„So, Liebes. Wir müssen los, sonst verpassen wir den Flug. Bist du so weit?", höre ich Mom aus dem Flur rufen und springe sofort von unserem Familienschreibtisch im Büro auf. Ich war gerade dabei, die letzten Buchbestellungen für die Bibliothek zu tätigen, doch kam ohnehin gerade zum Schluss der Liste, die wir wöchentlich auf Wunsch unserer Besucher zusammenstellen und abarbeiten. Schnell klappe ich den Laptop zu, laufe zur Treppe, die ins untere Stockwerk unseres Hauses führt, und hüpfe diese anschließend munter hinunter. Auf den Lippen wie immer ein breites Lächeln.

„Natürlich. Die Frage ist, ob *ihr* bereit seid?"

„Aber klar doch, deine Mutter ist schließlich seit gefühlt drei Wochen am Packen!", antwortet mein Vater schmunzelnd auf meine Frage, während er meiner Mutter einen liebevollen Klaps auf ihren Po gibt.

„Hey, stimmt doch gar nicht", verteidigt sie sich daraufhin leicht eingeschnappt, versucht vergeblich der Hand meines Vaters in der letzten Sekunde auszuweichen und fügt dann noch hinzu: „Immerhin wartet meine erste Neuseeland-Rundreise auf mich. Da muss ich eben vorbereitet sein! Außerdem, wann bin ich denn das letzte Mal in ein Flugzeug gestiegen? Das muss gut zwanzig Jahre her sein!"

„Hey, mach dir keine Sorgen, Mom. Du hast ja Dad bei dir!", sage ich beschwichtigend und schließe meine Mutter kurz in meine Arme, bevor ich mir ihren Koffer schnappe und meinem Vater einen unmissverständlichen Wink gebe, mir mit seinem Koffer zu folgen. Mein Vater grinst, fährt den Griff seines eigenen Koffers aus und folgt mir. Aus dem Augenwinkel sehe ich, wie Mom mit den Augen rollt, sich dann aber an die Fersen meines Vaters heftet und an mich gerichtet fragt: „Wann bist du nur so erwachsen geworden, mein Schatz?"

„Puh, keine Ahnung, muss wohl irgendwie in den letzten neunzehn Jahren passiert sein?"

Über das Gesicht meiner Eltern breitet sich ein Lächeln aus und von meinem Vater ernte ich einen überaus stolzen Blick. Die Schlagfertigkeit habe ich definitiv von ihm.

„Also los. Rein mit den Koffern und los geht's!"

Rund eine Stunde und einige spannende Gesprächsthemen später kommen wir am Flughafen von Sydney an. Kaum habe ich im völlig überfüllten Parkhaus einen Parkplatz gefunden, schnappt sich mein Vater die beiden Koffer aus dem Kofferraum meines weißen Minis und weist uns Frauen an, ihm zu folgen. Und da er ganz klar die größte Flug-Erfahrung von uns dreien hat, ergibt dies auch am meisten Sinn. Denn ja, bei meiner Mutter ist es bereits einige Jahre her und ich kann nicht behaupten, dass ich von meinen Kindheitsflügen mit Papa zu seinen Eltern nach Perth noch viel weiß. Vor allem sind sie vor sechs Jahren endlich zu uns in den Süden gezogen, worauf auch ich nie mehr in einen Flieger gestiegen bin.

„Ach, und Nora, mit der Bibliothek ist alles klar, ja? Ruf uns an, wenn du eine Frage hast oder Hilfe brauchst!", höre ich meine Mutter in dem Moment sagen, als wir die erste Bye-Bye-Bar des Flughafens passieren.

„Klar doch, ich würde mich melden. Aber ich denke, ich krieg das schon hin. Ihr habt mir ja alles bestens übergeben. Versucht nun euren Urlaub zu genießen! Ihr habt ihn euch mehr als verdient!"

„Das machen wir!", versichert mir mein Vater und schlingt dabei seinen rechten Arm um meine Mutter. „Nora schafft das, Sam!", fügt er dann noch liebevoll hinzu.

„Jaja, ich will nur nicht, dass sie meint, wir drücken uns einfach so vor der Arbeit!", beschwichtigt meine Mutter und ich sehe ihr an, wie sie sich bereits jetzt unglaublich große Sorgen um mich macht. Ich bleibe wohl mein Leben lang ihr kleines Mädchen.

„Mom, ich weiß, dass ihr das nie tun würdet! Ich krieg das hin. Zur Not habe ich ja auch noch Miss Kicket. Sie weiß über noch viel mehr Bescheid als ich und ich kann sie ja jederzeit um Hilfe bitten!"

„Stimmt", erwidert Mom sofort.

„Gut, dann sagen wir dir hier Tschüs, dann kannst du nach Hause und das Wochenende noch ein wenig genießen!", höre ich daraufhin meinen Vater sagen und wir halten alle an.

„Alles klar. Guten Flug, ja?", wünsche ich ihnen und breite meine Arme für eine familiäre Umarmung aus.

„Danke. Genieße die Zeit ohne deine Alten!", erwidert mein Dad und schließt die Lücke zwischen unseren Körpern.

„Wir haben dich lieb! Bis dann!", sagt meine Mutter und macht die Umarmung komplett.

Anschließend geben mir beide einen Kuss auf die Wange, ich schenke ihnen noch ein letztes, dankbares Lächeln und dann drehen sie sich um, verschränken ihre Hände ineinander und schlendern davon. Blicken vor den ersten Automaten, bei denen sie ihre Flugtickets scannen müssen, noch mal zurück zu mir, winken mir als letzten Abschied überglücklich zu und verschwinden dann lächelnd hinter der schwarz gefärbten Glasscheibe.

In Liebe geboren, in Liebe gelebt und in Liebe gestorben.

Kaum drei Stunden später waren sie beide tot. Es war der 5. Dezember vorletzten Jahres. Der Tag, an dem eigentlich ihre wohlverdiente Neuseeland-Rundreise hätte beginnen sollen. Der Tag, an dem ich die ersten, eigenen Schritte in die Arbeitswelt rund um die *Library of Love* hätte machen sollen. Doch daraus wurde ein Sprung ins kalte Wasser. Vom einen auf den anderen Tag musste ich die Bibliothek komplett übernehmen – sonst hätte ich sie verkaufen müssen, was absolut nicht zur Debatte stand.

Doch das war überraschenderweise nicht mein größtes Problem. Damit wusste ich umzugehen. Ich wusste, bei wem ich mir Hilfe holen konnte. Ich wusste, wann und wo welche Aufgaben zu erledigen waren. Denn darauf haben mich meine Eltern jahrelang vorbereitet. Doch mit ihrem Tod haben sie nicht gerechnet. Dafür konnten sie mir keine To-do-Liste erstellen, keinen Outlook-Termin senden oder eine Anleitung verfassen. Nein. Ihr Tod kam für alle absolut unerwartet. Für meine Eltern, für mich und für ganz Melbane. Das Schicksal hat einfach so zugeschlagen.

Der größte Schmerz war aber auch nicht der Verlust. Nicht die Tatsache, dass sie vom einen Tag auf den andern verschwanden. Sondern dass sie ohne Verabschiedung, ohne letzte Worte gingen. Dass ich ihnen nicht noch ein letztes Mal versichern konnte, dass ich sie mein Leben lang von ganzem Herzen lieben werde. Dass ich sie nie vergessen werde. Ja, ich hätte ihnen wahrscheinlich sogar gesagt, dass es okay ist, dass sie gehen. Nur um ihnen kein schlechtes Gewissen zu bereiten. Um ihnen den Tod vielleicht etwas leichter zu machen. Ich weiß, dass sie es nicht gewollt hätten, aber das ist mir im Moment egal. Ich muss auf mich schauen. Sie sind ohnehin nicht mehr hier. Sie wurden mir entrissen. Ohne jegliche Vorwarnung, verdammt.

Scheiße. Mein Herz blutet noch immer, ich kann es ganz genau spüren. Es fühlt sich an, als würde es jemand tagtäglich aufs Neue herausreißen wollen. Als würde jemand immer wieder meinen gesamten Oberkörper quer aufschneiden und, ohne zu zögern, in meinen Brustkorb greifen, um möglichst viele lebenswichtige Organe zu entfernen. Es fühlt sich an, als würde ich zuerst keine Luft mehr bekommen, dann aufgrund des großen Blutverlustes das Bewusstsein verlieren und zum Schluss in Tausende von kleinen Stückchen zerrissen werden. Ja, denn auch wenn ich das gesamte Trauerspiel nun wohl bereits zum hundertsten Mal durchspiele, geht es mir noch nicht besser. Ich weiß zwar, wie ich über den Tod denke und wie ich dabei empfinde. Ich weiß, dass ich noch immer nicht damit klarkomme. Aber ich weiß nicht, wie ich da wieder rauskommen soll. Wie ich diesen Baum der Trauer fällen soll. Wie ich ihn in ganz viele kleine Scheite schlagen und bündeln soll, um diese dann an eine nächste Person zu verkaufen. Ich hatte gedacht, ich würde eines Tages an einem Punkt ankommen, wo es einfacher würde. Wo ich damit klarkommen könnte. Wo ich Antworten auf meine vielen Fragen kriegen würde.

Warum ausgerechnet meine Eltern?

Warum schon so unglaublich früh?

Warum wusste ich ihren Tod nicht zu verhindern?

Es tut so weh. Es tut weh, nichts zu wissen, aber genau zu erkennen, dass man es nicht mehr ändern kann. Es ist nun einfach so.

Alles, was einem übrig bleibt, ist, damit zurechtzukommen. Keine Farbe, keine Form und kein Volumen kann mehr angepasst werden. Kein Satz, kein Wort und kein Buchstabe kann geändert werden – die Geschichte ist geschrieben. Das Buch ist gedruckt. Doch ich bin noch nicht bereit, es wegzulegen. Es wieder in das Bücherregal zu stellen und es dort verstauben zu lassen. Ich bin in der Geschichte gefangen – sie lässt mich nicht mehr aus ihren Fängen. Doch ich will ausbrechen. Raus aus dem trauernden Charakter, zurück in die ausgeglichene, glückliche Nora Anderson. Diese Nora Anderson, die seit Monaten vermisst wird. Die sich versteckt hat und eigentlich nie mehr gefunden werden will. Doch jetzt ist der Zeitpunkt gekommen. Sie muss zurückkehren. Sie muss wieder Boden unter den Füßen gewinnen. Sie muss sich selbst wieder zu kennen und zu lieben wissen. Sie muss ihre eigene Welt wieder rocken und mit allem Negativen abschließen.

Ich will wieder ich selbst sein.

Ich will wieder glücklich sein.

Mit meinen Eltern in meinem Herzen.

In diesem Moment wird tief im Inneren meines kaputten Körpers irgendein Schalter umgelegt. Ich sitze mit meinen beiden Freundinnen in einem kleinen, süßen Café von Tempson und halte einen noch warmen Cappuccino in meiner rechten Hand. In der linken liegt ein blauer Kugelschreiber und vor mir auf dem kleinen Tischchen liegt ein leeres Blatt Papier. Ella hat mir gerade erklärt, dass sie möchten, dass ich meinen Eltern einen Brief schreibe. Dass ich ihnen von all meinen Gefühle berichte und ihnen zeige, wie es mir geht. Damit ich dann einen Neustart machen kann. Damit ich wieder etwas mehr als nur die notwendige Kraft zum Leben habe.

„Wir kommen in einer Stunde wieder, ja?", höre ich Ella leise sagen, kann jedoch nur noch mit starrem Blick nicken. Ich bin bereits tief in meinen Gedanken versunken. Nehme einen letzten Schluck meines Kaffees, stelle diesen dann neben dem Blatt Papier auf das Tischchen und setze den Stift an. Beginne einen Text, den wohl niemand außer mir zu Gesicht bekommen wird.

Liebe Mom, lieber Dad,

Ihr könnt Euch kaum vorstellen, was ich gerade empfinde. Ich vermisse Euch! Von ganzem Herzen und noch viel fester. Ich weiß nicht, was ich ohne Euch tun soll. Obwohl ich bereits seit zwei Jahren ohne Euch lebe, bin ich noch immer überrascht, wenn ich am Morgen die Erste in der Bibliothek bin und Du, Dad, mich nicht mit einem Gutenmorgenkaffee begrüßt, während Mom bereits die ersten Bücher in die großen Regale einräumt. Auch wenn Ihr mich bereits vor zwei Jahren verlassen musstet, schreibe ich Euch noch immer Nachrichten und warte tagelang auf eine Antwort. Bis ich merke, dass Ihr doch nun im Himmel seid. Nahe genug, dass Ihr auf mich hinabblicken könnt, aber doch so weit weg, dass der Empfang da oben vermutlich nicht mehr so prickelnd ist.

Oh, wie ich Eure Blicke vermisse. Die Liebe in Deinen Augen, Mom, wenn Du Dad dabei zugesehen hast, wie er Besucher der Library of Love bedient hat. Die Dankbarkeit in Deinen Augen, Dad, wenn Dir Mom ein neues Buch für Euer privates Bücherregal in unserem Haus geschenkt hat. Ach, Ihr habt Euch so sehr geliebt. Ihr habt Euch verehrt und wart sooo verdammt glücklich. Sorry für den Ausdruck …

Ich hoffe, Ihr könnt Euch auch im Himmel lieben. Euch küssen, Euch umarmen und einfach beisammen sein. So sind die Sehnsucht und der Schmerz für Euch vielleicht ein wenig erträglicher, right?

Ihr fehlt uns! Ihr fehlt einem ganzen Dorf. Einer ganzen Welt. Ohne Euch ist es nicht dasselbe. Und doch müssen wir zurechtkommen. Und doch müssen wir jeden Tag auf Neue aufstehen und in den Tag starten. Auch wenn es anders viel schöner wäre. Mit Euch. Mit Dir, Dad. Und mit Dir, Mom. Es wäre so viel schöner. Wir würden wieder so viel breiter lächeln.

Aber was haltet Ihr davon, wenn ich mit dieser Trauerphase abschließe? Dass die vielen Tränen ein Ende finden, ich Euch aber dennoch nicht vergesse? Wie könnte ich auch? Aber ich will der Freude wieder Einlass in meinen Körper gewähren. Auch wenn mir dieser ganz schön kaputtgegangen ist. Aber mit Euch in meinem Herzen wird es mir sicher gelingen, ihn wieder zu flicken. Die vielen blauen Flecken verschwinden zu lassen und diese Missetaten aus meinen Erinnerungen zu löschen. Ich werde es mit bestem Willen versuchen. Aber Ihr müsst mir versprechen, dass Ihr auf mich wartet. Dass Ihr mich sofort in die Arme schließen werdet, wenn ich endlich zu Euch kommen darf.

Dass Ihr mich dann nie wieder verlassen werdet. Denn das würde ich kein zweites Mal verkraften. Daran würde ich endgültig zerbrechen. In so viele kleine Stücke, dass ein Wiederzusammenkleben unmöglich wäre.

Das will ich nicht. Ich will wieder aufblühen. Wie die Blumen, die stets unseren Esstisch schmückten. Ich will die Zeit, die mir auf dieser Erde bleibt, noch genießen, damit ich sie dann, wenn ich endlich bei Euch bin, nicht vermissen werde. Dass ich mich dann zu 100 % Euch widmen kann.

Ist das okay?

Okay.

Ich liebe Euch, ja? Für immer. Und noch viel länger.

Ihr fehlt mir, ja? Aber ich werde mich gedulden, um die gemeinsame Familienumarmung dann noch viel ausgiebiger genießen zu können.

Ich werde kommen, wenn es so weit ist.

Ich werde Euch finden, denn ich habe Euch nicht verloren und werde Euch nie verlieren. Zwar aus den Augen, aber nie aus dem Herzen.

Ihr seid mein Ein und Alles. Für immer. Nur wurde uns etwas Zeit gestohlen. Aber die werden wir uns zurückholen, ja?

Ja!

Also bis dann!

Macht's gut!

In Liebe

Eure kleine große Kämpferin Nora

Kapitel 18

Ich sitze noch immer in diesem wunderschönen, kleinen Café im Zentrum von Tempson in einer etwas versteckten, aber unglaublich gemütlichen Ecke. Dort, wo mich absolut niemand stören kann. Obwohl ich mich an einem öffentlichen Ort aufhalte, kann ich hier komplett herunterfahren. Denn ja, manchmal brauche ich etwas Tumult um mich herum, um noch viel mehr in mich kehren zu können. Um noch genauer hören zu können, was in meinem Inneren gerade vor sich geht. Was ich gerade verarbeite. Was mir das Schicksal gerade lehren möchte. Ich muss zugeben, momentan ist es allerdings nicht wirklich einfach. Doch das liegt nicht an meiner Umgebung, nein. Es liegt daran, dass mein Körper gerade so viel verarbeiten muss wie noch nie. Er hat Dinge erlebt, die er sich nie hätte erträumen lassen. Er hat Schmerzen spüren müssen, deren Stärke er sich nie hätte vorstellen können. Ja. Es liegt nicht daran, *dass* er diese Dinge und Schmerzen hat erfahren müssen, sondern *wie* er sie erleben musste. Gegen seinen Willen.

Und genau diese brutale Erkenntnis trifft nun mit voller Wucht auf die Verarbeitung des Todes meiner Eltern. Im ersten Moment treffen sie hart aufschlagend aufeinander, im nächsten ergänzen sie sich. Im ersten Moment tut es unglaublich weh, im nächsten bin ich froh darüber. Denn es hilft mir auf unerklärliche Art und Weise, damit klarzukommen. In meinem Körper zieht sich momentan zwar alles zusammen, und doch fühle ich mich so unglaublich frei wie schon lange nicht mehr. Es fühlt sich an wie Fliegen ohne Flügel. Ich werde getragen von meiner eigenen Stärke. Und wenn diese erneut zu

Bruch kommt, falle ich. Dann falle ich zum letzten Mal. So tief, dass ich nicht mehr aufstehen werde.

Dachte ich zumindest. Doch was dann kam, ließ mich doppelt so tief fallen.

„Miss Kicket liegt im Sterben!"

Mit diesen Worten platzte Olivia an Ellas Seite in das Café und ließ mich spüren, wie schnell sich doch alles ändern kann. In der einen Sekunde denkst du daran, wie stark du gerade bist, in der darauffolgenden Sekunde bist du so schwach, dass du fürchtest, dein Körper könnte beim nächsten Windhauch in Tausende von kleinen Stückchen zerfallen und sachte davongetragen werden. In der ersten Sekunde könntest du Bäume ausreißen, in der nächsten bist du einer der Bäume. Ja. Dann stehst oder sitzt du wie angewurzelt da und sagst kein Wort. Traust dich nicht zu bewegen, denn wenn du dies tun würdest, würde alles zur Realität werden. Doch das kann ich nicht zulassen. Nein. Ich kann nicht zulassen, dass mich Miss Kicket genau in diesem Moment verlässt, wo meine Trauer um meine Eltern langsam verklingt. Sie darf meine Gefühlsachterbahn nicht gleich wieder von Neuem starten lassen. Das darf ich nicht erlauben. Das darf nicht zur Realität werden. Auf keinen Fall.

„Sie … Sie wurde gestern ins … ins *South Health Hospital* ge… gebracht", stottert Ella, bevor sie sich langsam neben mich setzt und sogleich beginnt, mit ihrer linken Hand liebevoll über meinen Rücken zu streicheln. Ich spüre, wie sie dafür sorgen möchte, dass ich ruhig bleibe. Dass ich diese Nachricht so langsam und schonend wie möglich erhalte. Aber die Information trifft mich wie ein Schlag, ohne dass sie es hätte ändern können. In dem Moment, als ich Ella tief in die Augen blicke und sehe, dass es wirklich wahr ist, breche ich innerlich zusammen. Ich spüre, wie mir die Tränen in die Augen treten, mein Körper zu zittern beginnt und meine Muskeln erschlaffen. Die Zeit steht für einen Moment still. Ich spüre, wie mir der Tod aufs Neue den Boden unter den Füßen wegzieht. So unerwartet, dass ich taumeln muss. Sofort wird mir schwindelig und mein Magen dreht sich um.

„Warum?", bringe ich knapp zustande, doch eigentlich will ich die Antwort gar nicht hören. Es bringt mir nichts, einen Grund für die plötzliche Lebensgefahr, in der Miss Kicket zu schweben scheint, zu kennen. Damit wird es mir kein Stück besser gehen. Es wird nur noch mehr Fragen aufwerfen.

„Ihr Herz … Die Ärzte geben ihr nicht mehr lange", erwidert Ella mit kaum hörbarer Stimme. Ich erkenne sofort, dass auch sie unter der plötzlichen Nachricht leidet. Sie leidet mit mir.

„Wieso?", hauche ich, denn der unglaublich tief sitzende Schmerz hat die letzte Kraft aus meinem Körper gezogen. „Wieso gerade jetzt?", hauche ich ins Leere.

Meine Freundinnen geben mir keine Antwort. Sie wissen, dass es eine Frage ans Schicksal gewesen ist. An das gottverdammte Schicksal, das mich offensichtlich für irgendetwas bestrafen will. Aber weißt du was? Du kannst mich mal, Schicksal!

„Los! Wir fahren. Ella, wo ist dein Auto?", frage ich mit bebender Stimme. Blanke Wut steigt in mir hoch. Ich will mich gegen mein Schicksal stellen. Immerhin ist Miss Kicket, meine zweite Mom, noch nicht tot!

Doch die Wut und der Ehrgeiz sind leider nicht von langer Dauer. Kaum im Auto von Ella angekommen, unsere Sachen aus der Wohnung in den Kofferraum geladen und auf dem schnellstmöglichen Rückweg nach Melbane, holen mich die Sorgen und die Angst wieder ein. Was, wenn Miss Kicket nun wirklich stirbt? Miss Kicket – diese Frau, die mich nach dem Tod meiner Eltern behütet und beschützt hat, als wäre ich ihr eigenes Kind. Die mich in ihre Obhut genommen hat, obwohl sie vom Alter her meine Großmutter hätte sein können. Diese Frau, die mir, ohne dass ich nur einmal fragen musste, mit der gesamten Organisation und Einrichtung der Bibliothek geholfen hat. Und diese Frau, die dafür gesorgt hat, dass ich trotz all dem, was passiert war, noch anständige Mahlzeiten zu mir nahm. Sie war außerdem die Einzige, der ich die Sache mit Brandon anvertraut habe. Sie hatte meine Eltern und mich nur von der *Library of Love* gekannt, hat keinen familiären Bezug zu uns, wurde jedoch, ohne es zu müssen, meine zweite Mutter. Ich weiß nicht, ob ich heute da wäre, wo ich bin, wenn sie nicht gewesen wäre. Vielleicht verdanke ich ihr mein Leben.

„Direkt ins Spital, ja?", fragt mich Olivia in dem Moment und reißt mich damit aus meinen Gedanken. Da ich mich allerdings nicht imstande fühle, zu sprechen, nicke ich einfach. Ohne ihr dabei in die Augen zu blicken. Die verzerrte Aussicht aus dem fahrenden – ja fast rasenden – Auto fesselt mich viel zu sehr. Sie gibt mir Halt, ohne den ich wahrscheinlich nicht einmal mehr gerade sitzen könnte. Halt, den ich gerade um jeden Preis brauche. Viel zu schwer ist die Last der Ungewissheit über Miss Kickets Leben auf meinen Schultern. Wie geht es ihr wohl gerade? Lebt sie überhaupt noch? Ich sehne mich nach Antworten. Nach Klarheit. Nach jemandem, der mir versichert, dass es Miss Kicket schaffen wird. Nach jemandem, der mich einfach unterstützt. Und zwar auf eine viel innigere Art, als meine Freundinnen es jemals hinkriegen werden. So, wie es meine Eltern und dann Miss Kicket stets getan haben.

„Alles klar, gib mir dreißig Minuten, dann bist du bei Miss Kicket!", verspricht mir Ella.

Ich nicke erneut. Traue mich nicht, meinen Blick vom blauen Himmel mit den vielen, ganz unterschiedlich geformten Wolken zu wenden. Irgendwo da oben schweben meine Eltern und sehen auf mich hinab? Ob sie mein Leben beeinflussen können? Ob sie mir damit sagen wollen, dass ich es auch ohne Hilfe kann? Dass sie an mich glauben, komme, was wolle?

Ich habe keine Ahnung. Kurz überlege ich, bei Lewis nach Hilfe zu fragen. Doch ich glaube kaum, dass es meine Hände schaffen würden, auch nur einen Buchstaben, geschweige denn eine ganze Textnachricht zu verfassen. Zudem würde es mich nur noch mehr aufwühlen. Also gebe ich mich mit dem Gedanken an ihn zufrieden. Suche weiter Halt in ihm. In der Wärme, die meinen Körper sogleich ausfüllt, als ich an ihn denke und ihn mir vor meinem geistigen Auge vorstelle. Er hilft mir, ohne es wirklich zu wissen. Doch dann sind da auch die Gedanken an den Traum. Da hatte er Brandons Stimme. Da war er Brandon. Brandon war Lewis. Da haben sich zwei komplett unterschiedliche Menschen zu einem vermischt. Wie kann das sein? Wie konnte meine Psyche nur so abdrehen? Das kann auf keinen Fall möglich sein. Mein Kopf, mein Unterbewusstsein, sie spielen ein ganz böses Spielchen mit mir. Scheinen wohl anzunehmen, dass wenn mein Körper quasi nicht mehr zu gebrauchen ist, sie nun mehr Macht erhalten. Herz über Kopf, sagt man doch so schön. In meinem Fall wäre das dann nun: Kopf über Herz. Denn mein Herz ist kaputt. Es wurde gebrochen.

Irreparabel.

Vielleicht für immer.

Vielleicht aber auch nicht.

Aber sicherlich für den Moment.

Das Geheimnis der Liebe ist größer als das des Todes.

Kaum zwei Stunden später war Miss Kicket tot. Kaum zwei Stunden später machte sie aus dem 5. Dezember, dem Todestag zweier meiner liebsten Personen, einen Todestag dreier meiner liebsten Personen. Der 5. Dezember gehört nun nicht mehr nur meinen Eltern. Aber das ist okay. Ja, es ist okay. Denn als ich im Krankenhaus das letzte Mal in die kristallklaren Augen von Miss Kicket blicken konnte, wurde mir bewusst, dass das Geheimnis der Liebe viel größer ist als das des Todes. Sie hat mir zu vermitteln versucht, dass die Liebe, die sie für mich empfindet, viel stärker ist als der Tod, der uns scheidet. Ja, Miss Kicket hat mir gezeigt, dass ich versuchen muss, nicht mehr über den Tod nachzugrübeln, sondern an die Liebe zurückzudenken, die die verstorbenen Menschen mit mir geteilt haben. Ich will nicht mehr trauern, sondern lieben – auch die Toten. Ich will versuchen, für mich persönlich eine Lösung zu finden. Eine Lösung, mit der ich mein Leben lang damit klarkommen kann, dass nun drei meiner liebsten Menschen mein Leben verlassen haben. Ich will damit zurechtkommen. Mein restliches Leben lang. Für meine Eltern und für Miss Kicket.

Ich kann es kaum glauben. Nebst dem Schmerz, der in meinem Körper noch immer tief verankert ist, befindet sich nun dieses sonderbare Gefühl von Verständnis. Ich kenne den Ursprung davon nicht, doch ich glaube zu wissen, das Miss Kicket aus einem bestimmten Grund gestorben ist. Ja, sie ist nicht einfach so gestorben. Ihr Tod hat mir meine Augen geöffnet. Ihr Tod hat meine Sichtweise grundlegend verändert.

Die Frage ist nur, was ich nun sehen kann.

Kapitel 19

Mittlerweile ist es genau einen Tag her. Vor genau 24 Stunden ist Miss Kicket gestorben. Vor genau 1440 Minuten ist sie ihrem immer schwächer werdenden Herz erlegen. Sie hat gewartet, bis ich mich von ihr verabschieden konnte, aber sie hat um keine weitere Minute Lebenszeit gekämpft. Ich habe gespürt, dass sie bereits viel zu müde war. Allerdings nehme ich ihr das nicht übel. Solange sie bereit war, zu gehen, will ich versuchen, damit ins Reine zu kommen. Ich will sie verstehen. Ihr zeigen, dass sie nun in Frieden ruhen kann. Ob sie nun im Himmel weiterlebt und auf mich wartet, in einem atemberaubend schönen Schmetterling ein nächstes Leben beginnt oder einfach an einem wunderschönen Ort friedlich schläft. Sie soll es genießen können. Sie soll zwar an mich denken, aber mich nicht vermissen. Sie soll an mich denken, aber dabei keine negativen Gefühle zulassen. Sie soll lächeln, wenn sie an mich denkt – das wäre unglaublich schön. Denn das ist es, was *ich* tue, wenn ich an sie denke. Ich lächle einfach. Manchmal, da kommen noch Tränen dazu, ja, aber das Lächeln überwiegt ganz klar. Und über diese Tatsache bin ich unfassbar froh.

Wenn ich daran denke, wie sehr ich am Tag nach dem Tod meiner Eltern gelitten habe. Damals habe ich keinen einzigen Ausweg mehr gesehen, weil ich dachte, jetzt sei alles vorbei. Ich dachte, jetzt würde ich mich mein restliches Leben lang in meinem Bett verkriechen und darauf warten, bis auch mich der Tod holt. Dabei habe ich mir immer wieder vorgestellt, wie es wohl wäre, wenn ich diese grausame Nachricht selbst einem Kind überbringen müsste. Wie bringt man einem völlig ahnungslosen Kind bei, dass die Eltern nie mehr nach Hause kommen werden? Schon bei der bloßen Vorstellung zerreißt es mir das Herz in tausend Stücke.

Aber das hier, die Trauer um Miss Kicket, fühlt sich ganz anders an. Es ist irgendwie in Ordnung. Ich weiß, dass es ihr nun an einem neuen Ort besser geht. Wenn sie weitergelebt hätte, hätten ihr die Folgen des Schlaganfalls das Leben nicht unbedingt leicht gemacht. Klar, ich hätte sie dabei so gut es geht unterstützt und ihr bei allem Möglichen geholfen, aber das hätte sie nicht gewollt. Sie wollte ihr Leben immer alleine im Griff haben. Da sollte es niemand geben, der ihr helfen muss. Damit wäre sie nicht glücklich gewesen. Also geht es ihr nun wirklich besser. Und genau dieses Gefühl gibt mir eine sonderbare Sicherheit. Es gibt mir irgendwie das Wissen, alles richtig gemacht zu haben. Obwohl ich natürlich im Nachhinein nicht mit ihr darüber sprechen kann, aber ich fühle es einfach.

Auch mit Miss Kicket bin ich nun durch mein Herz verbunden. Und dies zeigt mir wiederum, dass mein Herz nur für den Moment kaputt war. Es beginnt sich Schritt für Schritt zu regenerieren. Es baut sich selbst nach einer genauen Anleitung wieder zusammen. Ganz langsam, aber stetig. Ich bin stolz auf mein Herz, auch wenn es schwierig zuzulassen ist. Mein Kopf sträubt sich dagegen. Er will meinen Körper nicht zurückkehren sehen. Er will die alleinige Herrschaft über mich. Aber worüber kann er schon herrschen, wenn ich meinen Körper nicht mehr akzeptiere? Wenn ich ihn an Brandon verloren habe? Ich muss ihn zurückgewinnen. Aber wie? Will ich, dass er noch einmal zu mir kommt und ich mit ihm reden kann? Woher weiß ich, dass er dann mit mir sprechen wird? Er sagt nie ein Wort, wenn er kommt, er will nur meinen Körper. Meine Weiblichkeit.

Außerdem hat sich Brandon von mir verabschiedet. Irgendetwas sagt mir, er hat dies auch wirklich so gemeint, wie er es gesagt hat: Lebe wohl. Das würde heißen, ich sähe ihn nie wieder. Das würde heißen, er vergewaltigt mich kein weiteres Mal. Er würde mich also nie wieder mit diesem Gleich-fick-ich-dich-Blick anschauen, würde nie wieder seine von Schmutz und Narben nur so strotzenden Hände auf meinen Körper legen und mit seinem Glied nie wieder auf schmerzvollste Art und Weise in mich eindringen. Mein Körper würde endlich wieder seine gewohnte Körperfarbe annehmen und ich könnte wieder nur im T-Shirt vor die Wohnungstüre gehen. Ich wäre endlich wieder ich selbst. Zumindest das, was von mir übrig geblieben ist. Aber darauf kann man schließlich aufbauen. Alles beginnt mit einer kleinen Basis. Man muss nur die Mittel zum Wachstum kennen. Man muss seinen Willen zeigen, dann kann alles funktionieren.

Während mir diese bewegenden Gedanken kommen, stecke ich den Schlüssel zu Miss Kickets Wohnung in das Schlüsselloch und drehe ihn um 360 Grad. Ich freue mich darauf, noch ein letztes Mal in Miss Kickets kleines, magisches Reich einzutreten. Ein letztes Mal, bevor ich es für immer verlassen werde, damit ein neuer Besitzer darin glücklich werden kann. Wie immer knarren die Dielen im Eingang ein wenig, doch das Geräusch verleiht dem Ganzen ein Gefühl von Heimat. Im ehemaligen Haus meiner Eltern gehörte das Knarren auch einfach dazu. Der Kühlschrank in der kleinen Küche ist wie immer mit verschiedenen Essensresten gefüllt und neben dem Spülbecken stehen noch einige gebrauchte Pfannen. Schnell lasse ich etwas warmes Wasser in den Wassertrog ein, gebe einen Spritzer Putzmittel dazu und mache alles sauber, bevor ich die Küchenutensilien an ihren vorgesehen Platz in den Regalen und Schränken verstaue. Auch wenn die Wohnung in einigen Tagen leer geräumt wird, tut es gut, für Ordnung zu sorgen. Ich hätte Miss Kicket ihren letzten Wunsch eh nicht abschlagen können. Sie hat mir ganz bestimmt aufgetragen, noch mal in ihre vier Wände einzutreten und nach dem Rechten zu sehen. Warum genau sie mir das in den letzten Minuten vor ihrem Tod unbedingt noch sagen wollte, war mir nicht ganz klar, aber ich tat es überaus gerne. Ich musste sowieso noch einige Dokumente für die Bank und natürlich für die Beerdigung abholen, also verband ich die beiden Dinge direkt miteinander.

Im Wohnzimmer mit den vielen, schön eingeräumten Bücherregalen angekommen, sah ich dann jedoch auch, warum genau ich unbedingt noch einmal in ihre Wohnung zurückmusste. Sie hat mir auf dem kleinen runden Couchtischchen einen Brief hinterlassen, liebevoll in ein kleines Kuvert gesteckt. Auf dem Umschlag hat sie mit ihrer wundervoll zarten und doch schwungvollen Schrift meinen Namen vermerkt. Unwillkürlich treten mir ein paar vereinzelte

Tränen in die Augen. Und doch muss ich lächeln, weil sie das wirklich schlau eingefädelt hat. So kann ich mich in aller Ruhe setzen und den Brief genießen. Die letzten Worte meiner zweiten Mutter direkt in mein Herz aufsaugen. Sodass ich diese, wenn es mir einmal nicht gut gehen sollte, jederzeit wieder abrufen kann.

Doch was dieser Brief offenbarte, das hätte ich nie im Leben erwartet.

Nora, Liebes!
Schön, hast Du den Weg zu Deinem Brief gefunden. Es tut mir furchtbar leid, ich bin nicht mehr auf dieser Erde, wenn Du diese Worte hier liest, aber ich hoffe, Dir mit dieser Geste eine kleine, wenn auch letzte Freude zu machen. Du bist ein so wunderbarer Mensch, Nora, dass ich es nicht schaffe, die Wahrheit mit ins Grab zu nehmen. Denn wenn ich jetzt nicht für Klarheit sorge, wirst Du niemals von dieser Geschichte erfahren. Ich hoffe, Du sitzt bereits auf meinem Sofa? Wenn nicht, hol es bitte nach.

Die Worte verschwimmen auf einmal vor meinen Augen und ich muss eine kurze Pause einlegen. Was wird mir Miss Kicket gleich offenbaren? Ich merke, wie ich augenblicklich nervös werde. Zum Glück sitze ich bereits auf ihrem weichen Sofa, wie sie es angenommen hat, denn ich weiß nicht, ob ich jetzt noch die nötige Kraft hätte aufbringen können. Allerdings steigt mir beim Gedanken an ihr Sofa sofort ihr zauberhafter Geruch in die Nase und ich atme einmal tief ein und wieder aus. Versuche, ihren Duft irgendwie zu speichern. Oh, sie roch immer so gut – dominant und doch ganz lieblich, irgendwie sommerlich und doch für jede Jahreszeit geeignet. In der ganzen Wohnung duftete es stets nach ihr.

Ich weiß, dass das, was ich Dir gleich offenbaren werde, Dir missfallen wird. Ich weiß, dass es Dich für einige Minuten, Stunden oder auch Tage aus der Bahn werfen wird, aber versprich mir, dass Du diesen Brief hier fertig liest, ja? Es wird Dir helfen, wieder auf die richtigen Gedanken zu kommen. Und glaub mir, am Ende wird alles gut! Und wenn es noch nicht gut ist, ist es noch nicht das Ende – ja? Glaube mir!
Vertraue mir! Bitte!

Mein ganzer Körper beginnt zu kribbeln. Instinktiv hoffe ich, dass ihr Brief nicht von meinen Eltern handelt. Denn dies würde mich um mehr als nur ein paar Wochen zurückwerfen. Dies würde alles Gelernte und Erkannte wieder auf null zurücksetzen. Und das will ich nicht – das darf nicht passieren.

Also, ich muss Dir nun von einem ganz bestimmten Mann erzählen. Von einem Mann, der nicht ganz freiwillig in Dein Leben eingetreten ist. Ein Mann, der mir sehr viel bedeutet.

Damit lässt Miss Kicket bereits eine erste Bombe platzen, doch ich erkenne noch nicht, um wen es sich handelt. Welcher Mann ist nicht ganz freiwillig in mein Leben eingetreten? Einer, der Miss Kicket sehr viel bedeutet? Das hätte sie mir doch erzählt?! Das hätte ich doch erfahren?!

Scheinbar nicht.

Doch leider lebt er nicht nur dieses Leben, in dem er mir so sehr am Herzen liegt. Er teilt seine Gefühle, seine Erfahrungen und seine Mitmenschen in zwei Leben auf. Grundsätzlich nach einer strikten Linie, denn er darf er sich keinerlei Fehler erlauben. Wenn ihn jemand in beiden Welten kennt, kann das gar kein gutes Ende nehmen. Er würde die Person damit viel zu sehr verletzen. Er würde die Person damit viel zu sehr hintergehen.
Doch dann hast Du mir von ihm erzählt. Hast mir genau geschildert, wie er in Dein Leben getreten ist und was Dir dann widerfahren ist, und ich wusste sofort, dass es passiert ist. Beziehungsweise, dass es passieren wird, denn zu diesem Zeitpunkt hast Du erst das eine Leben von ihm gekannt. Da hast Du erst den einen Menschen in ihm kennengelernt. Leider diesen Mensch, der Dir nicht guttut.

Brandon. Es geht um Brandon. Schnell lasse ich den Brief vor mich auf das Couchtischchen gleiten, sodass ich nicht weiterlesen kann. Will sie mir nun weismachen, dass Brandon eigentlich gar nichts dafür kann, dass er mich vergewaltigt hat? Scheiße. Mein Herz beginnt sofort, schneller zu schlagen, und pumpt das Blut im Höchsttempo durch meine Adern. Miss Kicket wird nun endlich ihr Geheimnis lüften. Das Geheimnis, das ich bereits beim ersten Gespräch mit ihr über Brandon verspürt habe. Doch wie ich nun mal eben bin, habe ich mich damals nicht getraut, direkt nachzuhaken. Ich wusste, dass sie mir etwas verschweigt. Aber ich wusste auch, dass es mir nicht gefallen würde. Daher habe ich die vielen Fragen vielleicht auch für mich behalten. Ich wollte mich nur schützen. Doch ich hätte wissen müssen, dass jede Wahrheit einmal ans Licht kommt. Früher oder später erfährt man davon. Ob man es will oder nicht. Also nehme ich den Brief vorsichtig wieder in meine Hände und lese trotz meines unguten Gefühls weiter.

Also, lass uns nun mit offenen Karten spielen, Nora. Dieser Mensch, den Du kennengelernt hast, heißt Brandon. Das hast Du direkt gewusst, doch wie bereits geschrieben, hast Du zu diesem Zeitpunkt, als ich davon erfahren habe, erst die eine Seite von ihm gekannt. Und ich spürte sofort, dass wenn Du nur diesen Teil von ihm erleben würdest, Dein Leben nie mehr werden würde wie früher. Ich wusste, dass er so der letzte Mann in Deinem Leben geworden wäre. Und das wollte ich um jeden Preis verhindern. Ich wollte nicht, dass Brandon mit seinem Fehler gerade dieses Leben zerstört, das mir so viel gegeben hat. Du bist für mich wie eine Tochter. Und ich habe eindeutig gespürt, dass ich für Dich wie eine zweite Mutter geworden bin. Genau das zeigte mir, dass ich Dich beschützen musste. Dass ich Dich beschützen wollte. Oh Gott, Nora, es tut mir alles so leid!

Die ersten Tränen bahnen sich ihren den Weg aus meinen Augen. Ich spüre, wie sehr Miss Kicket gelitten haben musste. Sie wollte mir stets die Wahrheit sagen, konnte es jedoch nicht. Sie wollte mich beschützen. Sie wollte das Ganze geradebiegen, ohne dass ich Wind davon bekam. Während ich dachte, sie *wolle* mir die Wahrheit nicht sagen, *konnte* sie es nicht, da es für mich noch viel schlimmer gewesen wäre.

Ich habe also so schnell es ging mit Brandon gesprochen. Und glaube mir, dieses Gespräch hat so viel von mir abverlangt, wie es kein anderes jemals getan hat. Ich habe meine ganze Kraft in die Wahl und die Betonung meiner Worte gesteckt, ihm versucht zu zeigen, wie zerbrechlich und gleichzei-

tig stark Du bist. Dass Du ihm und mir auf keinen Fall kaputtgehen darfst. Und Du glaubst es nicht, aber er hat es erkannt. Aber nicht durch mich, nein, wirklich nicht. Er hat es auf seine eigene Art und Weise erkannt. Auf die gute Art und Weise. Durch sein zweites Leben. Durch seine zweite Persönlichkeit.

Gänsehaut breitet sich auf meinem Körper aus. Lass es nicht *ihn* sein. *Er* darf es nicht sein.

Durch Lewis.

Verdammt. Die Tränen werden immer mehr. Sie fließen wie Sturzbäche über meine Wangen und werden von meinem T-Shirt auf meinen Schultern aufgefangen. Ganz resigniert richte ich meinen starren Blick auf meine beiden freigelegten Handgelenke mit den blauen Flecken und suche einen Ausweg. Einen Ausweg aus dem endlosen Wirrwarr dieser beiden Personen. Wie kann das sein? Wie können Brandon und Lewis eine Person sein? Wie kann das verdammt noch mal sein?

Und wie zur Hölle konnte ich dies nicht merken? Lewis sagte mir, es sei kompliziert auf seiner Arbeit, von Brandon wusste ich längst, dass er ohne eine Anstellung nach Melbane kam. Lewis schrieb mir, er gehe mit seinem Bruder Mittag essen, darauf sah ich Brandon in der Pizzeria. Als ich mit Lewis telefonierte, hatte er Brandons Stimme.

Was ist falsch mit mir?

Warum sind mir die offensichtlichsten Hinweise entgangen?

Warum habe ich mich dermaßen täuschen lassen?

Warum war ich so dumm?

So dumm!

Kapitel 20

Nora, lies weiter, ja? Vertraue mir, es kommt alles gut. Auch wenn selbst mir gerade die Tränen kommen. Ich will, dass es Dir gut geht. Ich kann Dich schließlich nicht mehr in meine Arme nehmen. Dieser Gedanke macht mir ganz schön zu schaffen. Umso mehr, wenn ich daran denke, wie sehr Du es gerade jetzt brauchen könntest. Aber wir kriegen das zusammen hin, ja? Du musst einfach ganz gut auf Dein Herz hören.

Okay, ruhig bleiben, Nora. Miss Kicket sagt, es kommt alles gut, also kommt auch alles gut!

Brandon ist also Lewis. Offiziell getauft ist er auch auf Lewis. Den Namen Brandon hat er sich lediglich erschaffen, um die böse und leider sehr gewaltsame Art an ihm ausleben zu können, aber trotzdem irgendwo sich selbst zu bleiben. Ja, er ist zwei Menschen. Aber nicht einfach aus irgendeiner Laune heraus, sondern weil er nicht anders kann. Weil es sein Schicksal nicht unbedingt gut gemeint hat mit ihm. Ja, weil er mit drei Jahren selbst zum Vergewaltigungsopfer wurde. Durch seine Mutter, meine Tochter.

Miss Kicket hatte eine Tochter? Ich sacke in mir zusammen. Lasse mich in die Kissen hinter mir fallen und blicke mit von den Tränen ganz erröteten Augen zur Decke. Zum Himmel. Versuche, Antworten auf meine vielen Fragen zu finden.

Dass seine Mutter ihn als Kind vergewaltigt hat, spiegelt sich nun in seinem Charakter wider. Er will diesen Schmerz an Menschen zurückgeben. Er hofft, indem er andere Menschen beschmutzt, selbst wieder rein zu werden.

Und da seine Mutter vor genau fünf Jahren verstorben ist, tut er dies einfach mit anderen Frauen. Mit anderen Frauen, die ihr ähnlich sehen. Die meiner Tochter ähnlich sehen. Und da bist Du eine verdammt gute Wahl, das muss ich ganz ehrlich zugeben. Sie, meine wirkliche Tochter, sah aus wie Du. Aber glaube nicht, dass Du nur dadurch zu meiner zweiten Tochter wurdest, als Deine Eltern uns verließen. Nein. Das tat ich, ohne dabei an meine eigene Familie zu denken. Das tat ich nur für Dich. Für Dich! Dem musst Du Glauben schenken, Nora. Bitte! Es tut mir so furchtbar leid, dass ich Dir das alles nicht schon früher erzählen konnte! Ich konnte es einfach nicht. Der richtige Zeitpunkt war nie gekommen!

In diesem Moment ist es mit meiner Selbstbeherrschung vorbei. Ich beginne lauthals zu schluchzen. Lasse alle meine Emotionen raus – ungehemmt. Ich kann nicht mehr. Dieses ewige Auf und Ab macht mich fertig. Versucht mich zugrunde zu richten. Will ich wirklich noch weiterlesen? Will ich noch mehr über Brandon, Lewis und Miss Kicket erfahren? Ich muss. Ich habe es innerlich versprochen. Und irgendwo ganz tief in meinem Inneren schlummert die leise Hoffnung, dass sich wirklich alles noch zum Guten wenden wird. Ich hoffe, dass Miss Kicket recht hat und wir es hinkriegen. Auch wenn sie längst nicht mehr hier ist. Auch wenn sie mich – uns – längst verlassen hat und mich nicht mehr in den Arm nehmen kann. Sie hatte immer eine unglaubliche Willenskraft und vielleicht schafft sie es, genau diese auf mich zu übertragen. Damit ich diese Geschichte irgendwie verdauen kann. Irgendwie irgendwann.

Dass Lewis gemerkt hat, dass Du viel zu wertvoll bist, um ihn nur als Brandon zu kennen, merkte ich, als er Dir auf unser Gespräch hin als Lewis über diese Dating-Plattform geschrieben hat. Ich verstehe heute noch nicht ganz, was für eine Plattform das genau ist, aber das spielt ja auch keine Rolle. Die Hauptsache ist, dass er Dir geschrieben hat. Und Du glaubst nicht, wie froh ich war, als er mir erzählt hat, dass er sich unglaublich gut mit Dir versteht. Und dass Du scheinbar total auf ihn eingehst. Natürlich wusste ich, dass das nur daran lag, dass Du von dem Zusammenhang zwischen Lewis und Brandon keine Ahnung hattest. Aber er erkannte dies durch die krasse Trennung seiner beiden Leben nicht mehr.

Er meinte, er könne Dich als Brandon weiterhin vergewaltigen und Dich als Lewis schätzen und verehren.

Mir stockt der Atem vor Empörung. Wie kann ein Mensch so was tun? Wie kann ein Mensch so sein? So denken? In meinem Kopf sind so viele Fragen über Brandon, also Lewis. Aber auch über mich. Wie konnte ich das nicht merken? Ich merke, wie sich die Kopfschmerzen ihren Weg in meinen Kopf bahnen. Ich verstehe das Ganze nicht. Warum? Warum das? Warum ich?

Warum?

Nora, ich hoffe so sehr, Du kannst alles irgendwie verarbeiten. Ich weiß, wie schwierig das wird. Aber ich helfe Dir. Ich helfe Dir immer. Bei allem.

Ein erster Teil des Briefes scheint damit abgeschlossen zu sein und ein kleiner Abschnitt folgt. Erleichtert lege ich eine kurze Pause ein. Atme tief ein und wieder aus. Bilde mir ein, das hilft etwas und probiere irgendwie meine Gedanken zu ordnen. Lewis ist Brandon. Also nein, Brandon ist Lewis, weil er heißt ja Lewis. Aber für mich hieß Brandon einfach immer Brandon. Da gab es keinen Lewis. Denn dieser ist fürsorglich, einfühlsam und äußert verständnisvoll. Brandon sprach nicht mal mit mir. Er erniedrigte mich. Er vergewaltigte mich. Lewis würde so etwas nie machen. Glaube ich zumindest, dabei kenne ich ihn ja kaum. Ich habe ihn nie gesehen. Wobei doch. Ich weiß genau, wie er aussieht. Er hat braune Haare, dunkelbraune Augen mit tiefen Augenringen und trägt einen kratzenden Dreitagebart. Er ist rund zwanzig Zentimeter größer als ich und hat meist ein schiefes Lächeln auf den Lippen – genau wie Brandon. Nach Brandon ist quasi vor Brandon. Nach ihm ist vor ihm. Kaum hatte sich der eine verabschiedet, kam der Nächste. Und doch war es immer ein und dieselbe Person. Es war immer Lewis. Er hat mit mir über meine toten Eltern geschrieben und mich einen Tag später vergewaltigt. Er hat mit mir über seine Hobbys geschrieben und ist am nächsten Tag vor Lust nur so über mich hergefallen. Er schreibt ganz bedacht und überlegt, Sex hat er aber stürmisch und schnell. Er ist ein verdammter Mistkerl.

Doch irgendetwas sagt mir, ich muss den Brief weiterlesen. Irgendetwas sagt mir, Miss Kicket muss noch etwas anders loswerden. Und genau so ist es.

Aber Liebes, ich würde Dir so gerne noch etwas anders mit auf den Weg geben. Ich möchte Dir sagen, dass ich nicht will, dass Du lange um mich trauerst. Ich habe lange gelebt, ich habe erfüllt gelebt. Und wenn ich eins gelernt habe, ist es, nicht zu lange zu trauern. Auch wenn meine Tochter, Sara, ihren dreijährigen Sohn vergewaltigt hat, ist sie viel zu früh von uns gegangen. Das tut weh, auch wenn sie es ein Stück weit verdient hat. Ich vermisse sie noch heute und freue mich darauf, sie bald wiederzusehen.

Mein Herz bleibt beim Namen *Sara* einen kurzen Moment stehen. Lewis hat mir gesagt, dass K. in seinem Dating-App-Namen stünde für Kate, der Name seiner Mutter. Doch da hat er mich wohl angelogen. Das „K" in seinem Namen steht für nichts anderes als für seinen Nachnamen *Kicket*.

Ja, Nora, ich freue mich darauf zu sterben. Mein Lebenswille geht mir langsam, aber sicher aus. Aber das ist gut so. Vielleicht gelingt es Dir, durch den Umgang mit meinem Tod auch mit dem Deiner Eltern klarzukommen. Vielleicht können Dir meine letzten Worte „Das Geheimnis der Liebe ist größer als das des Todes" helfen, abzuschließen und nach vorne zu blicken. Und vielleicht, ja vielleicht kannst Du Lewis eines Tages verzeihen. Er ist ein Guter! Deine Eltern hätten Freude an seiner guten Seite. Und wer weiß, vielleicht kann er durch Dich die schlechte Seite endlich ablegen. Vielleicht kann er den Namen Brandon endlich wieder vergessen und jedem seine wahre Identität zeigen. Die zwar verletzliche, aber mindestens so starke Identität wie Du eine hast. Ich wünsche Euch beiden nur das Beste. Oder hier an dieser Stelle auch nur Dir. Das überlasse ich Dir. Aber was Du ganz sicher wissen musst, ist, dass ich Dich liebe. Seit dem Tag als ich Dich zum ersten Mal gesehen habe. Mit Tränen in den Augen, aber mit einem Lächeln auf den Lippen, weil du ein Bild Deiner Eltern in den Händen hattest. Und genau dieses Lächeln darfst Du nie verlieren.

Bis bald, Liebes!

Wir sehen uns, ja?

Deine zweite Mutter, Miss Kaitlin Kicket

PS: Wenn Du mich das nächste Mal siehst, kannst Du mich ruhig duzen. Ich bin schließlich Deine Mutter – und damit zur glücklisten Frau der Welt geworden.

Langsam lege ich den vierseitigen Brief von Miss Kicket beiseite. Nehme mir aus der Taschentuchbox auf dem Couchtisch ein Taschentuch zur Hand und trockne mir damit mein Gesicht. Zumindest so gut es geht, denn so viele Tränen, die da gerade aus meinen Augen geschossen sind, können kaum von einem einzigen Taschentuch aufgesogen werden. Aber es tat gut. So unglaublich gut! Es hat mir gezeigt, dass ich noch lebe. Dass alles, was ich da gerade gelesen habe, wahr ist. Auch wenn ich es gerade nicht wahrhaben möchte.

Ich habe keine Ahnung, was ich denken soll. Was ich tun soll. Welche Dinge ich nun akzeptieren und gegen welche ich ankämpfen soll. Doch ich bin Miss Kicket keine Sekunde lang böse. Sie hat das getan, was sie tun musste, und ich persönlich hätte es genauso gemacht. Nicht zu viel, aber auch nicht zu wenig gesagt. Nicht alles rausgehauen, aber auch nicht gelogen. Sie hat alles richtig gemacht. Ich muss mich nun einfach damit auseinandersetzen und verstehen, was da in meinem Leben passiert ist. Was ich erlebt habe und was ich die nächsten Wochen verarbeiten muss.

Vielleicht kann ich Lewis ja wirklich eines Tages verzeihen? Vielleicht ist es aber auch besser, wenn ich ihn nie wieder sehe.

Ich weiß es nicht.

Aber ich bin mir sicher, Miss Kicket – also Kaitlin – wird mir bei der Entscheidung helfen.

Bestimmt.

Kapitel 21

Mittlerweile bin ich zurück in meiner eigenen Wohnung und habe auf meinem Sofa Platz genommen. Es ist noch immer Freitag, doch ich kriege das Gefühl nicht los, es seien seit Miss Kickets Tod bereits mehrere Tage vergangen. Tage, in denen ich nachdenken konnte. Tage, in denen ich realisieren konnte, dass ich nun abgesehen von meinen Freundinnen ganz auf mich alleine gestellt bin. Aber nein, erst gestern hat uns Miss Kicket verlassen. Ja, erst gestern hat sie die restliche Kraft, die ich irgendwie noch in meinem Körper behalten konnte, aus mir gezogen. Ich weiß, dass sie es sich anders gewünscht hätte, doch es lässt sich nicht verhindern. Ich kann nicht mehr. Jetzt bin ich wirklich am Ende meiner Kräfte und weiß noch nicht, woher ich neue Motivation und neuen Ehrgeiz kriegen soll. Es gibt nun niemanden mehr, der nebenbei ein mütterliches oder väterliches Auge auf mich hat, denn von meinen Freundinnen möchte ich dies nicht erwarten. Sie spielen eine ganz andere Rolle in meinem Leben. Ich brauche jemand, der mich, wie es Miss Kicket gemacht hat, rettet wenn mich ein weiterer Schicksalsschlag erwartet. Wenn ich drohe zu fallen.

Es ist absolut verrückt. Noch vor wenigen Tagen hat mir Lewis durch seine berührenden Nachrichten eine unglaubliche Sicherheit verliehen. Mir gezeigt, dass ich noch etwas wert bin. Dass mein Selbstvertrauen noch existiert – nur wiedergefunden werden muss. Heute weiß ich, dass er derjenige ist, der mein Leben zerstört hat. Der mich vergewaltigt hat. Nun wird mir auch klar, warum er nie ein Wort gesprochen hat. Aus Angst, ich könne eines Tages die identischen Stimmen seiner zwei unterschiedlichen Persönlichkeiten zusammenfügen. Eine berechtigte Angst, zumal mir diese Erkenntnis schließlich kam. Es dauerte, aber durch die drei Worte „Also dann, lebe wohl" hat er sich verraten. In meinem Albtraum vor wenigen Tagen habe ich Brandons Stimme ganz klar erkannt, doch ich habe gewusst, dass nicht Brandon selbst gesprochen hat. Ich habe realisiert, dass ich diese Stimme bereits aus dem Mund eines anderen Mannes gehört hatte. Aus dem Mund dieses Mannes, der über eine gewisse Dating-App mit mir telefonierte. Er hat sich verraten, hat nicht gut genug aufgepasst. Ja. Ich habe gemerkt, dass die beiden Männer die gleiche Stimme hatten. Mein Fehler war nur, dass ich es ignoriert habe. Dass ich die Erkenntnis verdrängt habe, weil ich mich während des Urlaubs im Andenken an meine Eltern nicht mit Brandon auseinandersetzen wollte. Und klar, ich wollte nicht wahrhaben, dass Lewis irgendetwas mit Brandon zu tun haben könnte. Ich wollte ihn nicht verlieren. Und so kam es, dass ich den Gedanken so schnell wieder aus meinem Kopf vertrieben habe, wie er gekommen war. Weil ich nicht schwach wirken wollte. Ich meine, welche Frau lässt schon zu, dass ein und derselbe Mann sie vergewaltigt und gleichzeitig eine so starke Bindung zu ihr aufbaut, dass sie ihm blindlings vertraut? Wie kann man auf so eine Aktion reinfallen? Wie kann man so dumm sein?

Halt! Ich darf jetzt auf keinen Fall mir die Schuld dafür in die Schuhe schieben. Ich hatte absolut keine Chance, irgendwie zu merken, dass Brandon und Lewis ein und dieselbe Person sind. Er hat das Ganze so unfassbar geschickt eingefädelt und durchgezogen, dass man an meiner Stelle gar nichts merken *konnte*.

„Ja, genau so musst du denken, Nora!", ermahne ich mich in Gedanken selbst. „*Genau so, denn das ist das Einzige, was dich und deinen Körper momentan noch retten kann. Es ist deine einzige Chance, Brandon – also Lewis – irgendwann wieder aus deinem Leben streichen zu können. Du darfst nicht daran glauben, dass nur Lewis bleibt und Brandon dich im Nullkommanichts verlassen wird. Dass dich Brandon verlässt, ohne auf deinem Körper unzählige, riesige Narben zu hinterlassen. Du belügst dich selbst, wenn du dir einredest, das könnte klappen. Denn es gibt absolut keine Möglichkeit, wie es klappen könnte. Brandon und Lewis müssen dich so schnell wie möglich verlassen. Denn sie sind* die, die dich hintergangen haben. Sie haben dich vergewaltigt, deinen Körper gestohlen. Und dann wollten sie dich über diese lächerliche Dating-App für sich gewinnen. Diese Männer – dieser Mann – hat es nicht verdient, zu leben. Schon gar nicht in deinem Leben."

Plötzlich werde ich wütend, merke, wie viele Gedanken und Gefühle ich die vergangenen Wochen unterdrückt habe. Ich habe meist nur den Tränen und der Hilflosigkeit Ausdruck verliehen. Die Wut kam stets zu kurz. Und das nur, weil ich grundsätzlich nicht so sein möchte. Aber manchmal, manchmal, da muss man einfach alles rauslassen. Jede einzelne Emotion, auch wenn sich alles früher oder später in Wut verwandelt. Das ist okay, es gehört zu uns Menschen. Es ist okay, wenn ich nicht dagegen ankämpfe, wenn ich es nicht zu steuern versuche, sondern meine Gefühle ihren eigenen Weg suchen und ich sie diesen Weg gehen lasse. Ich habe schließlich das Recht dazu, wütend zu sein. Brandon hat mir alles genommen und Lewis hat so ein falsches Spiel mit mir gespielt. Impulsiv greife ich zu meinem Handy auf dem kleinen Couchtischchen, lösche zuerst meinen unschuldigen Account *Whisper15* und dann direkt diese gesamte, verräterische Dating-App. Diese hat in meinem Leben nichts mehr zu suchen. Zumal ich nicht hoffe, dass ich so dumm bin und direkt wieder Ausschau nach einem neuen Mann halte. Nein, fürs Erste habe ich genug – eindeutig!

Die Wut in mir wird immer stärker. Ich will diesem Mann irgendwie deutlich machen, wie rücksichtslos er gehandelt hat. Wie sehr ich unter ihm gelitten habe. Wie viele Tränen ich durch ihn vergossen habe. Wie viele Verletzungen ich davongetragen habe. Aber eigentlich will ich ihm nie wieder begegnen. Was sollte ich auch sagen? Es gibt nichts zu sagen. Sonst wird er sich noch verteidigen und rechtfertigen. Und das würde das wütende Feuer in mir nicht nur entfachen, sondern explodieren lassen. Funken würden sprühen und die orangeroten Flammen würden auf alles irgendwie Brennbare übergreifen. Ich würde alles um mich herum abfackeln, zerstören.

Wutentbrannt stehe ich auf, blicke um mich und greife nach dem erstmöglichen Gegenstand, den ich kaputt machen kann. Ein kleiner Keramik-Affe, den ich vor rund anderthalb Jahren von Ella geschenkt bekommen habe und seither auf dem oberen Tablar meines Couchtischchens stehen habe. Er hat mir stets ein Lächeln ins Gesicht gezaubert, doch in dieser Sekunde zerspringt er auf meinem Holzboden in viele kleine, farbige Stücke. Im ersten Moment werde ich noch wütender, weil ich nun selbst beginne, mein Leben und meine mir wichtigen Dinge zu zerstören. Doch kurz darauf wird mir beim Anblick meines Bodens mit den vielen kleinen, kaputten Teilen ganz warm ums Herz. Ich habe meiner Wut Ausdruck verliehen. Ich weiß, dass mein Inneres auch einmal so ausgesehen hat – kaputt. Doch nun merke ich, wie in meinem Körper die ersten kaputten Teile bereits wieder zurück an ihren ursprünglichen Platz kehren.

Ich beginne, zu heilen. Ein Gefühl, das ich lange nicht verspürt habe. Ein Gefühl, das, wie ich meinte, nie wieder Einzug in meinen Körper halten würde. Doch nun ist es hier. Es füllt meinen Körper aus. Gelangt in alle kaputten Poren, in all die kaputten Zellen. Versucht mich zu reinigen. Erneut kommen mir die Tränen. Ich bin überfordert. Das Gute überfordert mich. Was soll ich nun tun? Es genießen? *Kann* ich das noch? Kann *mein Körper* das noch? Ich verliere das Vertrauen in ihn, meinen Körper. Obwohl ich gerade auf einem so guten Weg war, geht es nun wieder bergab. Diese Achterbahnfahrt der Gefühle scheint mich umbringen zu wollen. Immer mehr überkommt mich das Gefühl von Einsamkeit. Das Gefühl kompletter Überforderung. Sollte ich mich nun meinen Freundinnen öffnen? Sollten sie nun endlich erfahren, was mir passiert ist? Welche Dinge ich durch Miss Kickets Tod erfahren habe? Gleichzeitig kommt mir der Gedanke, ob ich nun die letzten paar Meter nicht auch noch alleine hinkriege. Was bringt es mir, wenn sich noch zwei weitere Menschen Gedanken über Lewis machen? Dann kriegt er noch mehr Aufmerksamkeit, die er nicht verdient. Die er nicht kriegen darf, weil ich sonst Angst hätte, er würde auch meine Freundinnen in den Abgrund ziehen. Schließlich hat mir Miss Kicket keine Sicherheit gegeben, dass er nie mehr kommen wird. Vielleich ist er durch ihren Tod noch viel aufgebrachter und kann sich selbst nicht mehr stoppen. Dann reicht ihm eine Frau vielleicht nicht mehr.

Ich beschließe, meinen Freundinnen weiterhin nichts davon zu erzählen. Doch damit geben sich meine Gefühle nicht zufrieden. Sie wollen sich noch nicht beruhigen. Sosehr ich auch versuche, meine aufkommenden Tränen zu unterdrücken, um mich nicht noch mehr in die ganze Sache hineinzusteigern, wollen sie nicht versiegen. Da sind Dinge in meinem Inneren, die lassen mich nicht zur Ruhe kommen. Sie wollen verarbeitet werden, doch ich weiß nicht wie. Weiß nicht wo. Mein Bett ist für mich schon lange kein Zufluchtsort mehr und auch mein Sofa wird von Brandon überschattet. Hier wurde ich bewusstlos, hier war er das letzte Mal bei mir, doch ich weiß nicht, was er gemacht hat. Hier hat er sich von mir verabschiedet. Ruckartig stehe ich auf. Mache einen Schritt nach dem anderen, während ich resigniert an die Wände meiner Wohnung starre. Wohin ich gehe, spüre ich nicht mehr, doch plötzlich befinde ich mich in meinem Badezimmer, schließe die Türe hinter mir und nähere mich meiner Dusche. Hier konnte ich stets zu mir finden. Meinen Körper von dem ganzen Schmutz befreien und fühlen, dass ich noch lebe. Dass ich noch fühle.

Langsam betrete ich die offene Duschkabine und setze mich direkt unter den Duschkopf. Fasse mit meiner rechten Hand über mich an den runden Hahn und drehe das Wasser komplett auf – eiskaltes Wasser. Sofort beginne ich zu zittern, ja gar zu schlottern. Gänsehaut breitet sich auf meinem Körper aus, während das Wasser nur so auf mich hinunterprasselt. Wie immer ist es ein ganz harter Strahl und es tut gut, all meine Wut und meine Schmerzen, die in meinem Körper verweilen, auf meine Haut zu konzentrieren. Der Schmerz, der von den Wasserstrahlen herrührt, relativiert alle anderen Schmerzen. Schnell drehe ich den Hahn von ganz kalt auf ganz heiß, um noch mehr Schmerzen zu spüren. Augenblicklich verfärbt sich meine komplette Haut rot. Das Atmen wird durch den Dampf schwerer. Ich vergesse alles um mich herum. Suche mit meinen Händen Halt an der nassen, angelaufenen Glaswand der Dusche, rutsche jedoch ab. Jeder einzelne Finger hinterlässt einen verschwommenen Abdruck, Sekunden später verschwindet dieser durch den heißen Dampf wieder. Ich wiederhole das Schauspiel einige Male und genieße das Nichts. Die Tränen fließen in einem fort, doch ich spüre sie nicht, da meine ganze Haut ohnehin nass ist. Nass vom Wasser und vom Schweiß, es ist unglaublich warm. Langsam ringe ich nach Luft.

„*Will ich nun wirklich sterben?*", geht es mir durch den Kopf und ich unterbreche den Wasserstrahl noch im selben Atemzug. Ich würde mich umbringen, bliebe ich unter denselben Umständen noch länger in dieser Dusche. Aber ich kann jetzt nicht aufgeben. Meine Augen brennen von den vielen Tränen und meine Lunge beißt vom heftigen Schluchzen. Auf meiner Haut befinden sich viele kleine Verbrennungen, die höllisch schmerzen. Aber tief in meinem Inneren höre ich Miss Kicket, meinen Vater und meine Mutter im Gleichklang rufen: „Kind, was tust du nur?"

Und in diesem Moment durchzuckt mich ein Gefühl der Verständnislosigkeit.

Was tue ich hier bloß?

Ich muss endlich lernen, wieder stark zu sein.

Ich muss endlich wieder ich selbst werden.

Nein, noch besser, ich muss endlich zu meinem *neuen Ich* werden. Los!

Kapitel 22

Es ist Sonntag, der 8. Dezember. Der Tag der Beerdigung von Miss Kaitlin Kicket. Es schüttet wie aus Eimern. Es scheint mir, als hätten die Wolken die bedrückte Stimmung in unserem kleinen Dorf erkannt und gedacht, sie müssen ebenfalls etwas dazu beisteuern. Die Sonne hat sich mit ihren fröhlichen, warmen Strahlen sogleich verabschiedet. Aus diesem Grund habe ich mich heute Morgen für ein etwas längeres, schwarzes Kleid mit hautfarbigen Strümpfen und dazu dunkelgrauen, knöchelhohen Stiefeln entschieden. Ich wollte nicht frieren, zumal ich wusste, dass die Beerdigung gänzlich im Freien stattfinden würde. Kaitlin wollte es so. Unter freiem Himmel.

Nun stehe ich also in meinem schwarzen Kleid vor meiner Wohnungstür und warte darauf, dass ich mich zum Gehen überwinden kann. Ich will noch nicht gehen. Ich *kann* noch nicht gehen. Ich werde aufgehalten. Doch von was?

Ruckartig drehe ich mich um, schwinge meine eigene Wohnungstüre nochmals auf und gehe schnellen Schrittes zurück in mein Badezimmer, wo ich meinen Haaren gerade noch eine liebliche Flechtfrisur verpasst habe. Schnappe mir schnell die kleine Schmuckschatulle vom obersten Tablar meines Spiegelschränkchens und öffne dieses mit kribbelnden Fingern. Blicke dann ganz gerührt auf das filigrane Perlenarmband aus unzähligen kleinen Natursteinen in apricot, rosa und beige Tönen von Kaitlin. *Sie* hat es Tag für Tag getragen. Vor vielen Jahren selbst geknüpft. Auf dem Sterbebett mit der Bitte, gut darauf aufzupassen, in meine Hand gedrückt. Beim Gedanken daran kommen mir sofort die Tränen, aber ich wehre mich mit aller

Kraft dagegen. Ich bin schließlich so unglaublich glücklich darüber, dass sie es mir gegeben hat. Wer hätte es sonst heute tragen sollen? Wer hätte ihr sonst eine letzte Ehre erweisen können?

Vorsichtig nehme ich es aus der Schatulle und streife es ganz langsam über meine linke Hand, bis es an meinem Handgelenk angenehm sitzt. *„Ganz entzückend schaust du aus, Liebes! Und nun geh!"*, höre ich Kaitlin sofort in meinen Gedanken und ich spüre, wie sich auf meinem Arm eine wohlige Gänsehaut ausbreitet. Genieße die Nähe zu ihr. Am liebsten würde ich stundenlang hier verweilen und meinen Blick nie mehr von diesem Armband lösen. Denn es tut so gut. Es tut gut, sie bei mir zu spüren. Sie in mir zu hören. Schliesslich steigt die Angst, sie würde nach der Beerdigung unerreichbar sein, immer mehr. Die Angst, sie könne so hoch im Himmel sein, dass ihre Stimme nicht mehr bis zu mir gelangen würde. Doch ich *muss*. Ich muss sie beerdigen, um komplett damit abschließen zu können. Ich muss ihr ihren verdienten Platz auf dem Friedhof zuweisen, damit sie dort das letzte Mal zur Ruhe kommen kann.

So stelle ich die nun leere Schatulle wieder zurück in meinen Spiegelschrank, verlasse mein Badezimmer, meine Wohnung und zum Schluss das gesamte Gebäude. Spanne sofort meinen dunkelroten Schirm auf, um mich vor dem Regen zu schützen, und begebe mich auf den Weg zum Friedhof von Melbane. Schon von Weitem sehe ich die unzähligen, ganz in Schwarz gekleideten Personen und frage mich, woher Kaitlin sie alle kannte. Zugleich graut mir davor, mit jedem dieser Menschen sprechen zu müssen. Mir ihre großzügige Anteilnahme und ihr äußerstes Mitgefühl anhören und jedem Einzelnen das Händchen schütteln zu müssen. Doch als ich kurz darauf die ersten Menschen kreuze, spüre ich einfach nur ihre verständnisvollen Blicke auf mir. Niemand sagt etwas. Niemand fragt etwas. Es geht allen genau gleich. Man ist in Gedanken bei Kaitlin. Denkt daran zurück, wie sie gelebt hat, was sie gemacht und zu einem gesagt hat. Welche Ratschläge sie einem ans Herz gelegt hat und in welchen Zeitungsberichten sie erwähnt wurde. Es kommen einem die ältesten Erinnerungen und Erlebnisse mit Kaitlin in den Sinn, die man längst nicht mehr präsent hatte. Jeder hier versucht heute noch ein letztes Mal an ihrer Seite zu sein. Noch ein letztes

Mal mit ihr zu sprechen – wenn auch nur in Gedanken. In Gedanken, weil sie niemand hier retten konnte. Weil sie niemand retten wollte. Weil sie froh war, diese Welt und alle ihre Liebsten langsam, aber sicher verlassen zu können.

Ihre Liebsten. Ich blicke reflexartig zu Boden. Will all diesen Menschen, die *sie* kannte, nicht in die Augen schauen. Will gerade einfach nur für mich sein und meinen Weg zu ihrem Grab im oberen Teil des Friedhofes finden. Doch plötzlich stellen sich mir ein Paar dunkelgrauer Businessschuhe aus weichem Nubukleder in den Weg. Verweigern mir jeden weiteren Schritt, ohne dass ich der Person, denen diese Schuhe gehören, zu nahe trete. Ich komme abrupt zum Stehen, richte jedoch meinen Blick weiterhin zu Boden. Rechne damit, dass mir die Person gleich Platz macht und mich passieren lässt. Aber nichts dergleichen passiert.

Oder doch? Ein tiefes Räuspern. Es ist also ein Mann, der hier vor mir steht. Langsam hebe ich mein Blick etwas, nur um zu sehen, dass er schwarze, schlichte Jeans trägt.

Ein weiteres Räuspern.

Und dann.

Dann gelangt ein kaum hörbares *„Hallo"* an mein Ohr.

Und ich weiss, sofort was hier geschieht.

Nein!

Warum?

Warum jetzt?

Er ist es.

Das war *seine* Stimme.

Augenblicklich gefriert das Blut in meinen Adern, meine Beine beginnen gefährlich stark zu zittern und meine Knie drohen einzuknicken.

Ich. Will. Weg. Hier.

Ich drehe mich um. Mache einen Schritt nach dem anderen und bringe eine immer größere Distanz zwischen diesen grausamen Menschen und mich. Obwohl ich ja wusste, dass er hier sein würde. Ich wusste, dass ich ihn vielleicht sehen würde. Aber ich hatte nicht erwartet, dass er sich mir so offensiv nähern würde.

Eine Hand greift nach meinem Oberarm. Es ist *seine* Hand. Doch nicht mit der gewohnten, brutalen Stärke von Brandon, sondern mit der besorgten Art und Weise von Lewis. Er zieht nicht daran, sondern gibt mir einfach zu verstehen, dass ich warten soll. Sogleich befehle ich meinen Füßen, stehen zu bleiben. Doch mich umzudrehen, traue ich mich noch nicht. Denn sobald ich ihn ansehen würde, würde ich realisieren, dass es wirklich wahr ist. Dass Lewis Brandon und Brandon Lewis ist. Dass ich Lewis an Brandon verloren habe. Dass sich Brandon hinter Lewis versteckt hat. Dass er mich auf der ganzen Linie verarscht hat!

„Hallo!", wiederholt Lewis etwas lauter, aber mit extrem brüchiger Stimme. Ich merke, dass auch er keinen Spaß daran hat. Dass auch er mit sich zu kämpfen hat.

„Hey!", erwidere ich leise und muss augenblicklich daran denken, dass genau dies die ersten zwei Worte unserer Unterhaltung über die Dating-App waren. Diese beiden Worte, die der Startschuss einer wunderschönen Freundschaft hätten sein können, aber dann der Startschuss eines so schmerzvollen Betruges waren.

„Was willst du von mir?", frage ich trocken. Spüre, wie meinem rechten Auge sich die erste Träne aus meinem rechten Augen stiehlt.

„Ich weiß es nicht!", sagt er.

„Mich entschuldigen?", sagt er unsicher. Es scheint, als wolle er noch etwas hinzufügen, doch seine Stimme bricht. Ich schüttle meinen Kopf mit einem leisen Seufzer. Drücke meine bebenden Lippen fest aufeinander und schließe meine Augen, um weitere Tränen zu unterdrücken.

„Ich fürchte, dafür ist es zu spät!", sage ich mit immer sicherer werdenden Stimme. Meine Augen sind noch immer geschlossen.

Ein Schluchzer ertönt. Ganz leise und unerwartet. War ich es, die die Kontrolle über meine Emotionen tiefer Traurigkeit verloren hat? Nein.

Langsam drehe ich mich um. Öffne meine Augen Zentimeter für Zentimeter und blicke dann in *sein* Gesicht. Erwarte die gewohnt braunen Haare, die tiefen Augenringe unter den dunkelbraunen Augen und den kratzigen Dreitagebart, der sein grässliches Lächeln umspielt. Doch was ich zu sehen bekomme, ist das Bild eines Fremden. Keine unfrisierten, braunen Haar, sondern eine schön gestylte, goldbraune Frisur, welche durch ein paar lose Strähnen, die ihm in die Stirne fallen, abgerundet wird. Keine Augenringe unter den dunkelbraunen Augen, sondern Tränen, die sich langsam ihren Weg über seine rötlich gefärbten Wangen bahnen. Keinen Dreitagebart, sondern ein schön rasiertes Kinn.

In seinen Augen spiegelt sich blanke Angst.

„Bitte … Bitte lauf nicht weg!", bringt er mühsam hervor.

Ich schüttle meinen Kopf. Noch immer ganz perplex von seinem Anblick. Ich beginne, seinen restlichen Körper zu mustern. Doch auch dieser ist mir äußerst fremd. Fremd, obwohl ich ihn schon so viele Male gesehen habe. Doch ich sah ihn immer mit einem lockeren, schwarzen Shirt, das er sich wenige Minuten nach seinem Erscheinen vom Leib gerissen hat. Nun trägt er ein schwarzes, frisch gebügeltes Hemd, das mit acht Knöpfen sorgfältig verschlossen wurde und mir so den Anblick von seinem bloßen Oberkörper für einmal erspart. An seinem Handgelenk prangt ebenfalls ein Armband, doch es ähnelt dem meinen keineswegs. Glänzendes Silber umrahmt natürliches Holz. Ein Duett aus Modernität und Natur.

„Hat mir Kaitlin vor ein paar Jahren geschenkt", sagt Lewis unsicher und nickt seinem Armband zu. Mein Atem stockt. Die plötzliche Sicherheit verlässt mich genauso schnell, wie sie vorhin gekommen war.

„Meins ist auch von ihr. Hat sie mir am Sterbebett gegeben", erwidere ich kurz und knapp. Sofort löst sich eine weitere Träne aus meinem Auge und auch Lewis hat weiterhin zu kämpfen. In seinem Inneren scheinen sich seine beiden Persönlichkeiten zu bekämpfen. Lewis gegen Brandon. Gut gegen Böse.

„Es tut mir sehr leid, dass du dies erleben musstest! Sie war eine so gute Frau!"

Ja, sie *war* eine so gute Frau. Ich wende meinen Blick von Lewis ab und es entsteht eine kurze Pause. Von weit her ertönt eine männliche Stimme, die alle Personen zusammentrommelt. Die Beerdigung würde in wenigen Minuten beginnen. Meine beiden Freundinnen stehen sicherlich bereits im runden Halbkreis vor Kaitlins Grab.

„Wir sollten gehen!", sage ich, wieder mit ganz trockener Stimme, und laufe langsam an ihm vorbei Richtung Treppe, die mich zur

Menschentraube führt, unter die ich mich mischen werde. Doch kaum bin ich an ihm vorbei, höre ich ihn sagen: „Ich habe dich damals in Ruhe gelassen."

Erneut halte ich abrupt inne.

„Damals, als du bewusstlos wurdest! Ich konnte einfach nicht!", gelangen seine ergänzenden Worte an mein Ohr.

Ich werfe meinen Kopf verzweifelt in meinen Nacken. Weitere Tränen tropfen aus meinen Augen, doch ich kann nichts auf seine Worte antworten. Wüsste nicht, was ich ihm sagen sollte. Mich bedanken? Ihn wütend anschreien? Meine Gedanken und mein Körper sind komplett überfordert.

Ich will nicht mehr.

Ohne etwas zu sagen, steige ich mit zitternden Beinen die Treppe empor und mische mich unter die Leute vor Kaitlins Grab. Suche überall nach meinen beiden Herzensmenschen, um kurz darauf in ihre Arme zu fallen und meinen Tränen freien Lauf zu lassen.

Alles um mich herum verstummt.

Alle wissen, wer ich bin.

Alle sehen, wie es mir geht.

Doch was sie nicht sehen, ist der Schmerz, den mir Lewis zugefügt hat.

Ich glaube, ich sterbe. Es tut so unglaublich weh. Alle diese Erkenntnisse. Alle diese Erfahrungen. Kaitlin und Lewis. Beide haben mein Leben bereichert und doch fügen sie mir beide derartige Schmerzen zu, dass ich befürchte, diese nicht aushalten zu können.

Wie soll ich diese Beerdigung nur überleben?

Kapitel 23

Meine Augen brennen von den unzähligen Tränen und mein Hals kratzt von den vielen, erschütternden Schluchzern. Es hat mittlerweile aufgehört zu regnen, der Boden ist allerdings noch ganz feucht. Doch in diesem Augenblick, als Kaitlins Sarg in die Erde runtergelassen wird, bin ich ganz still und vergesse all meine Sorgen. Denke nur an sie. Jetzt muss sie im Himmel angekommen sein. Jetzt muss sie wieder glücklich sein. Jetzt kann ich komplett loslassen!

Und dann ist endlich alles vorbei.

Dann spricht der Pfarrer die letzten Worte.

Dann verlässt die Mehrheit der Besucher den Friedhof wieder und alles um mich herum verstummt. Ich stehe einfach nur da, meine beiden zwei besten Freundinnen an meiner Seite.

„Danke", flüstere ich und weiß genau, dass sie es hören. Dass sie verstehen, was ich damit meine.

„Wir sind immer für dich da!", ertönt Ellas Stimme, meinen Gedanken bestätigend, und sofort wird mir warm ums Herz. Bin einfach froh, solche zwei Menschen neben und hinter mir zu haben. Sie würden mich genauso auffangen, wie es Miss Kicket getan hat. Nur ist ihnen ein anderer Platz vorbestimmt. Sie sind da, um einfach meine zwei allerbesten Freundinnen zu sein. Und damit machen sie mich zum glücklichsten Menschen auf der Erde.

Wenn da Lewis nicht wäre. Denn kaum möchten auch wir den Friedhof verlassen und im *Toby's* auf Kaitlin anstoßen, steht er einige Meter von uns und fragt, ob er nicht kurz mit mir sprechen könne. Daraufhin schauen mich Olivia und Ella ganz verwirrt an, doch ich sage schnell, dass er Kaitlins Enkel sei und ich gerne kurz mit ihm sprechen würde. Sie sollten bereits vorgehen und ich käme dann nach. Sie tun – zwar ganz überrascht, aber ohne Widerrede –, was ich ihnen sagte, und im nächsten Atemzug bin ich wieder alleine mit Lewis. Gedankenverloren schaue ich auf Kaitlins Grabstein, doch nehme ich all meine Kraft zusammen, um jeglichen Tränen Einhalt zu gebieten.

„Danke", höre ich kurz darauf Lewis' tiefe Stimme und blicke sofort in sein Gesicht. Auch seine Augen sind von den vielen Tränen gerötet. Auch sein Antlitz weist Spuren der Trauer auf. Auch er kann nicht mehr.

„Jeder hat eine zweite Chance verdient", erwidere ich, doch bereue meine Worte sofort. Nein. Nicht er. Er hat definitiv bereits all seine Chancen verspielt. Ich füge daher schnell hinzu: „Auch wenn du eigentlich keine mehr erhalten dürftest!"

Er senkt seinen Blick und äußert kein Wort. Wirkt gedemütigt, aber das geschieht ihm genau recht. Auch ich richte meinen Blick wieder auf einen anderen Ort. Schaue verloren in den direkt neben dem Friedhof gelegenen Wald und erinnere mich an den Tag zurück, als ich mit meinen Freundinnen zu einem Filmabend verabredet war und vorher noch kurz an das Grab meiner Eltern ging. Doch dann hatte ich *ihn* gesehen. Befürchtete sofort, er würde mir an diesem für mich so schmerzvollen Ort etwas antun, doch dies tat er nicht. Er ließ mich für einmal in Ruhe. Warum, ist mir noch immer ein Rätsel.

Ich will ihn fragen, ob es wirklich war oder ob ich mir ihn nur eingebildet hatte. Doch er kommt mir zuvor. „Ja, ich war hier, als du in den Wald gerannt bist. Du hast mir … mir so leidgetan, also wollte ich dich … dich irgendwie trösten. Bin dir auf den Friedhof gefolgt, doch ich habe mich zuerst versteckt, weil ich nicht zu aufdringlich wirken wollte. Aber mir war klar, dass ich dies so oder so nicht vermeiden konnte. Du kanntest mein Gesicht und wusstest, dass ich derjenige bin, der dich … Du weißt schon. Also blieb ich versteckt und schaute dir einfach zu. Doch dein Blick traf meinen. Glaub mir, in dieser einen Sekunde, als du mich angesehen hast, wünschte ich mir, ich würde sofort vom Erdboden verschluckt werden. Also versuchte ich, dir wenigstens durch meinen Blick zu zeigen, dass ich nur

Gutes wollte. Dass ich da nicht Brandon war, sondern Lewis. Es … Es tut mir so leid, glaub … glaub mir!", bringt Lewis stockend hervor.

Ich schließe meine Augen. Muss das alles erst mal verarbeiten. Wie konnte er nur?

Wie kann ein Mensch nur so sein?

Wie kann *er* nur so sein?

Oder eher, wie können *sie* so sein?

„Ich weiß, das ist für dich alles nur schwer nachzuvollziehen. Aber ich würde dir gerne alles erklären!", spricht Lewis weiter.

„Nein! Hör auf!", unterbreche ich ihn sofort. Ich will nichts dergleichen von ihm hören. Würde es nicht aushalten. Würde innerlich nur noch mehr zerbrechen. Doch dieses Mal nicht, weil er mir so grausame Dinge angetan hat, sondern weil ich darauf eingegangen bin. Weil ich mich habe verarschen lassen. Weil ich einfach zu dumm und vor allem zu verletzlich war.

„Aber …", unternimmt Lewis einen weiteren Versuch.

„Nein. Kein. Aber. Ich kann das nicht!"

Eine Träne löst sich ganz langsam aus Lewis' linkem Auge. Er verzieht sein Gesicht und ich bin kurz davor nachzugeben. Es tut ihm selber so weh. Es scheint ihn innerlich nicht weniger zu zerfressen, als es mich zerfrisst. Seit Tagen, seit Wochen. Ja, so lange, bis nichts mehr da ist, was kaputt gehen kann.

„Nora, hör mir zu! Ich bin Lewis. Nicht Brandon. Brandon ist weg. Weit weg. Und er wird so schnell nicht mehr wiederkommen. Er hat begriffen, dass es nicht mehr so weitergehen kann. Er …", sagt Lewis und gestikuliert währenddessen wild mit seinen Armen.

„Er?"

„Er …", seine Stimme bricht.

Ich werde wütend.

„Lewis, für mich wirst du immer *Brandon* sein. Auch wenn du deine Haare färbst, deine tiefen Augenringe verschwinden lässt und dich rasierst. Auch wenn du deine Hände wäschst, deine Narbe pflegst und deinen verdammten Penis in deiner Hose lässt. Du hast mir so viel Schmerz zugefügt, der sich nicht mehr entschuldigen lässt. Du bist zu weit gegangen. Zu tief …", auch meine Stimme bricht. Ich wende mich von ihm ab. Mag nicht mehr in seine Augen sehen. Diese Augen, die meinen nackten Körper so oft gemustert haben. Diese Augen, die für immer Brandon gehören werden. Auch wenn seine Stimme Lewis gehört.

„Nora …", er spricht ganz leise.

„Nora, ich …", er traut sich nicht.

„Ich werde die Stadt verlassen. Es gibt für mich keinen Grund mehr, hierzubleiben", flüstert er, bevor er auf Kaitlins Grab hinunterschaut und eine weitere Träne seine Wange hinunterläuft.

Macht er das, um mich zu manipulieren? Will er, dass er mir leidtut, nur um mich dann ein weiteres Mal verletzen zu können?

„Glaub mir, Nora, *Lewis* hat dich verstanden. Wollte dir nur helfen. Wollte das wiedergutmachen, was Brandon zerstört hat!", sagt er. „Nur, Brandon konnte dies nicht nachvollziehen. Er brauchte den Schmerz deines Körpers, die Verzweiflung in deinen Augen. Er war unmöglich zu stoppen. Er war zu stark. Ich war zu stark. Nur in der falschen Persönlichkeit!"

Ich will ihm nicht zuhören. Er macht nun genau das, was ich nicht wollte. Verteidigt sich. Versucht seine Taten zu rechtfertigen. Er gibt sich eine zweite Chance, die letzte. Eigentlich hat er überhaupt keine mehr verdient!

„Lewis …", seinen Namen auszusprechen, schmerzt, aber ich will es loswerden: „Du kannst die …", eine weitere schmerzvolle Pause entsteht, weil dieses Wort noch viel schwerer auszusprechen ist, „… Vergewaltigungen nicht rechtfertigen. Du. Kannst. Es. Nicht. Bitte!"

Lewis trocknet seine Tränen und sagt dann: „Nein, das kann ich nicht. Aber ich wünsche mir, dass du Lewis vertraust. Er … *ich* will dir helfen. Will da weitermachen, wo wir in der Dating-App aufgehört haben. Es war so schön. Hat uns beiden so unglaublich gutgetan. Oder etwa nicht?"

Ich schüttle den Kopf. „Ja, es war wundervoll. Aber das ändert nichts daran, dass du mich betrogen hast. Dass du mich *vergewaltigt* hast!", schreie ich schon fast und presse ihm beim letzten Satz den Zeigefinger so hart in die Brust, dass er reflexartig einen Schritt zurücktritt.

„Nein, das tut es nicht. Aber ich kann nicht ignorieren, dass ich als Lewis Gefühle für dich entwickelt habe!", erwidert er trocken und blickt mir dabei tief in die Augen.

Ich halte sofort inne und meine Wut verwandelt sich von der einen Sekunde zur andern in Verzweiflung.

„Was?", wimmere ich und schließe meine Augen erneut. Was soll ich darauf auch erwidern? Was wird Lewis nun sagen? Wird er mir eine Liebeserklärung machen? Vor mir auf die Knie gehen? Oh nein. Das lasse ich nicht zu. Das ist zu viel.

Zu. Viel.

So öffne ich meine Augen, blicke ihn mit einem verächtlichen Blick an und drehe mich an Ort und Stelle um. Mache einen Schritt nach dem anderen und entferne mich immer weiter von ihm. Erwarte, dass er mich erneut stoppt. Mir irgendwelche berührenden Worte hinterherruft. Doch dieses Mal bleibt es ruhig. Er sagt kein Wort. Kein einziges. Lässt mich einfach gehen. Lässt mich mit meinen Gedanken alleine.

Ich und meine Gedanken – ein wahres Karussell. Ja, alles in meinem Kopf beginnt sich zu drehen. Eine Umdrehung nach der anderen. Ein Gefühl nebst dem anderen. Ein Gedanke unter dem anderen. Selbst wenn ich die verschiedensten Emotionen und Reaktionen zu filtern versuche, sehe ich kein Ende. Es dreht sich immer weiter und weiter. Auch dann noch, als ich den Friedhof längst verlassen habe und mich auf der Straße in Richtung *Toby's* befinde.

Doch plötzlich erfasst mich ein ganz spezieller Gedanke wie ein Blitz. Er lässt mich zusammenzucken und erkennen, dass ich mich jetzt gleich für meine zwei Freundinnen zusammenreißen möchte. Dass ich mich für einmal nur auf die beiden konzentrieren möchte. Dass mir Brandon, also Lewis, für die nächsten paar Stunden gestohlen bleiben kann.

Noch während ich einen Fuß vor den anderen setze, schüttle ich mich und versuche all die negativen Gedanken aus meinem Körper zu verscheuchen. Richte meine Frisur, straffe meinen Körper und fasse dann an mein Armband. Hole mir Kraft aus Kaitlins Geschenk. Komme sogleich vor dem *Toby's* an, schließe kurz meine Augen, um mich zu konzentrieren, und trete dann ein. Sobald die Besucher vom *Toby's* sehen, wer da ist, wird es ruhig und mir läuft ein kalter Schauer über den Rücken. Durch die Bibliothek kennen mich so viele Personen, dass es nicht verwunderlich ist, dass sie auch wissen, was passiert ist. Aber ich werde mich jetzt nicht kleinkriegen lassen. Ich bin stark. Für meine Freundinnen.

Selbstbewusst setze ich mein stärkstes Lächeln auf und gehe auf Toby, den Besitzer des Cafés, zu. „Einen Vanigliato bitte!"

„Sehr gerne, Nora! Tut mir leid, was passiert ist. Ich wäre gerne zur Beerdigung gekommen, doch Marie hat sich heute Morgen spontan krankgemeldet, da konnte ich nicht fehlen!", erwidert Toby auf meine Bestellung hin mit traurigem Blick.

„Alles gut, du kannst mich ja mal auf den Friedhof begleiten!", sage ich so aufmunternd wie möglich, ganz beflügelt durch die Kraft und den Mut, die meinen Körper durchströmen.

„Sehr gerne!", lächelt Toby, als er merkt, wie überraschend gut es mir geht. „Hier dein Kaffee, geht aufs Haus!"

„Danke, du bist ein Schatz!", sage ich voller Dankbarkeit und suche dann das Café nach meinen beiden Freundinnen ab. Doch sie sitzen weder in unserem gewohnten Eck noch vor der großen Fensterfront, wo die aufkommenden Sonnenstrahlen fleißig beginnen, die vielen Regentropfen zu trocknen.

„Sie sind oben", schmunzelt Toby hinter mir. Ganz überrascht blicke ich in sein Gesicht. Meine beiden Freundinnen sind „oben"? Was hat das zu bedeuten? „Los, komm mit!", fügt er schnell hinzu und bedeutet mir, hinter den Tresen zu kommen. Öffnet die Tür mit der kleinen Aufschrift „Privat", platziert seine rechte Hand auf meinem Rücken und stößt mich liebevoll den langen Gang entlang, bis ich vor ihm eine schmale, runde Treppe hinaufsteige. Da ich noch nie in Tobys Wohnung war, bin ich dementsprechend sprachlos, als er mich durch sein kleines, aber unendlich liebevoll eingerichtetes Wohnzimmer führt und wir zu einem großzügigen Balkon gelangen. Logisch, den Balkon kannte ich bereits, da ich ihn von der Straße aus auch schon entdeckt und gemustert hatte. Ich habe mich immer gefragt, ob Toby ihn überhaupt nutzt, da er immer so lieblos aussah. Kein Tisch, keine Stühle, keine Sessel. Halt nicht so gemütlich wie ich es von Toby kenne, zumal er sein Café sehr stimmig und harmonisch eingerichtet hat.

Einer Sache hatte ich meine Aufmerksamkeit allerdings noch nie so richtig geschenkt. Und zwar der Metall-Wendeltreppe, welche direkt vom Balkon aus zu betreten ist und einen auf das Flachdach direkt über der Wohnung von Toby führt. Ich dachte immer, diese sei nur für Handwerker, welche auf dem Dach irgendwelche Arbeiten verrichten müssen. Doch dem ist nicht so. Als ich auf Geheiß von Toby ganz vorsichtig die Treppe hochsteige und sehe, wie er zurück in seine Wohnung läuft, überkommt mich bereits so eine Vorahnung.

„Ella? Olivia? Seid ihr da o…", will ich rufen, doch meine Stimme bricht abrupt ab, als ich einen ersten Blick über die Kante des Hauses erhasche. Ich erblicke ein so schön eingerichtetes Flachdach, wie ich es noch nie gesehen habe. Schnell bringe ich die letzten Stufen der Treppe und mithilfe des Geländers den kleinen Absatz, über den man auf das Dach gelangt, hinter mich und stehe dann vor der schönsten Überraschung meines Lebens.

Große und kleine Pflanzen so weit das Auge reicht, vermischt mit diversen Holzelementen. Ein großer Gartentisch – mit unendlich schönen Kerzen und Blumen darauf – in der Mitte, umrahmt von diversen Stühlen, daneben ein großer, weißer Sonnenschirm. Rechts eine kleine Sofa-Landschaft mit Tausenden von Kissen und Kuscheldecken, farblich alles perfekt aufeinander abgestimmt. Links eine große Feuerschale, die mit ihrer großzügigen Ablage, den kleinen Höckern rundherum und dem einige Meter danebenstehenden Kühlschrank zu einem gemütlichen Barbecue mit Freunden einlädt.

Mir bleibt der Atem weg. Als ob diese Überraschung noch nicht reichen würde, haben meine Freundinnen alles noch ein wenig ausgeschmückt. Am gesamten Geländer rund um die heimelige Oase hängen Bilder, winzige Texte und Sprüche und dazwischen Gegenstände, deren Existenz ich längst verdrängt habe. Winzige Babyschuhe neben einem Bild von mir und meinen Eltern. Kaitlins geliebte Halskette, die sie immer so gerne getragen hat, neben einem Bild von ihr in meiner Bibliothek. Zwei lange Briefe, die ich vor ein paar Jahren meinen beiden Freundinnen geschenkt habe, neben einem Bild von uns dreien in Sydney. So viele Erinnerungen und dazwischen immer wieder unglaublich faszinierende Worte wie zum Beispiel: *Lebe nie, ohne zu lachen!* oder *Wer nicht springt, wird nie lernen, zu fliegen!* und am nächsten Ort: *Wer loslässt, hat die Hände frei!*

Während ich meinen Blick mit einem Kopfschütteln über das Flachdach gleiten lasse, finden meine Hände ganz von allein den Weg zu meinem Gesicht. Verdecken es, während lauter Freudentränen den Weg aus meinen Augen finden. Mit einer solchen Überraschung hatte ich keineswegs gerechnet.

Ich beginne so breit zu lachen, wie ich es schon lange nicht mehr getan habe. Und in der nächsten Sekunde kommen meine Freundinnen, welche ganz nervös neben dem Holztisch auf mich gewartet haben, auf mich zu und schließen mich voller Freude in ihre Arme. Sagen gleichzeitig:

„Schön bist du da, Nora! Wir lieben dich!"

Kapitel 24

„Ihr seid einfach verrückt!", sage ich, während sich meine Stimme überschlägt. Ich kann noch immer kaum fassen, was meine beiden Freundinnen organisiert haben. Mittlerweile sitzen wir am großen Gartentisch unter dem aufgespannten Sonnenschirm und schlürfen alle unseren zweiten „Iced Latte Vanigliato", also einen eiskalten Latte macchiato mit Vanille-Aroma, *Tobys* meistverkauftes Getränk im Sommer.

„Mindestens so verrückt wie du!", erwidert Ella.

„Hat etwas", gebe ich sofort zu, „aber wie habt ihr denn das mit den Dingen am Geländer hingekriegt? Es hat bis vor anderthalb Stunden noch in Strömen geregnet."

„Ja, der Regen hat uns alles ein wenig versaut! Wir wollten erst alles vor der Beerdigung aufhängen, doch dann haben wir gesehen, dass am Nachmittag die Sonne scheint, also haben wir Tobys Schwester darum gebeten, die Sachen aufzuhängen, sobald sich der Regen verzieht. Und wir wären, wenn es länger geregnet hätte, einfach noch zu Olivia oder mir nach Hause und hätten dich danach hier rauf entführt!", erklärt Ella alles ganz genau. Das breite Lächeln in ihrem Gesicht zeigt mir, wie sehr sie sich darüber freut, dass die Überraschung gelungen ist. Und auch Olivia lächelt, was das Zeug hält. Als wir vorhin zusammen jedes einzelne Bild und jeden einzelnen Text durchgegangen sind, hat sie stolz von sich gegeben, dass das Ganze ihre Idee war.

„Danke!", sage ich an Olivia und Ella gerichtet und begutachte dann sofort wieder das Geländer. Es wäre schade, nicht jedes noch so kleine Detail daran zu entdecken und zu genießen. Denn fast jedes Bild ruft in mir Erinnerungen an meine Eltern oder an Kaitlin hervor. Jedes Bild ist an ein Erlebnis gekoppelt, das irgendwo in meinem Kopf versteckt ist. Manche habe ich längst vergessen, weshalb es umso schöner ist, jede einzelne Erinnerung wieder hervorkommen zu lassen.

„Wie geht es dir denn nun?", fragt Ella plötzlich in die Stille hinein.

Nach einer kurzen Pause sage ich erleichtert: „Überraschend gut! Ich muss zugeben, ich habe es mir schwerer vorgestellt. Irgendwie kann ich durch Kaitlins Tod noch definitiver mit dem Tod meiner Eltern abschließen. Irgendwie findet nun alles ein Ende! Es ist schwer zu beschreiben!"

„Das klingt eigentlich ziemlich logisch", sagt Olivia vorsichtig. Ihre Worte berühren mich sehr, weil ich weiß, dass sie noch keine Erfahrungen mit dem Tod gemacht hat. Sie weiß noch nicht, wie es ist, jemanden zu verlieren, und hat oftmals Mühe, sich in eine solche Situation hineinzuversetzen.

„Für mich auch. Und schließlich wollte Miss Kicket gar nicht mehr länger leben", stimmt ihr Ella zu. „Zudem wirkst du heute wirklich sehr ausgeglichen, was deine Aussage nur bestärkt. Du gehst nicht leichtfertig damit um, sondern ganz bewusst. Das ich echt schön zu sehen!"

„Das freut mich. Ich gebe mein Bestes. Für Mom und Dad und vor allem für Kaitlin. Sie hat mir vor zwei Jahren so sehr geholfen, dass ich sie jetzt nicht enttäuschen kann!", sage ich und zittere dabei leicht. Spüre, wie sich einige Tränen aus meinen Augen stehlen möchten, aber ich lasse ihnen absolut keine Chance. Ich schaffe das! Wünsche mir das so sehr!

Und siehe da, der restliche Tag verging, ohne dass sich auch nur eine einzige Träne aus meinen Augen gelöst hat. Ich war einfach nur froh, Ella und Olivia bei mir zu haben und an Kaitlin und meine Eltern zu denken. Wir haben viel über die Vergangenheit gesprochen und konnten sogar gemeinsam über die peinlichsten Erlebnisse lachen. Ach, hat das gutgetan! Aber auch Zukunftspläne haben wir geschmiedet. Zum Beispiel haben wir uns geschworen, von nun an öfters auf Tobys Dachterrasse zu kommen. Und wenn Toby etwas dagegen hätte, würden wir eine Wohngemeinschaft bilden und uns auch eine Wohnung mit einer Dachterrasse suchen. Wir haben so unglaublich viel gelacht, dass uns spät am Abend, es war bereits dunkel geworden und wir hatten die Lichterketten rund um das Geländer angeschaltet, die Bäuche wehtaten. Toby brachte uns alle paar Stunden Getränkenachschub und kochte uns sogar etwas. Dies belohnten wir zum Schluss mit einem kleinen Ständchen, da Ella sich unbedingt an seiner Gitarre, welche sie am Morgen beim Hochlaufen in seiner Wohnung entdeckt hatte, versuchen wollte. Kurz gesagt, es war einfach herrlich.

Doch so herrlich es auch war, dieser Tag ging, wie alle anderen Tage auch, irgendwann zu Ende und so fiel ich um 23:41 Uhr in mein Bett. Ich erlaubte jedoch meinem Kopf nur ganz kurz, an Brandon zu denken. Aber ich wusste genau, dass Lewis es nicht schaffen würde, so spät noch zu mir zu kommen. Ich wusste einfach, dass er mir dies nicht antun könnte. Und so schlief ich kurz darauf tief und fest ein.

Als ich das nächste Mal meine Augen öffne, scheint die Sonne bereits mit ihren hellsten Strahlen in mein Zimmer und die Vögel verwöhnen mich mit den schönsten Gesängen. Noch etwas müde, aber doch vollends entspannt blicke ich auf meinen Wecker auf dem Nachttisch und stelle mit Erschrecken fest, dass es bereits 10:49 Uhr ist, ich also für meine Verhältnisse viel zu lange geschlafen habe. Aber ich rufe mir sofort ins Gedächtnis, dass ich dafür umso erholter und seit Langem wieder einmal so richtig ausgeschlafen bin. Mich nochmals hinzulegen, traue ich mich aber dann doch nicht, und so sitze ich fünf Minuten später im lockeren Jogginganzug und mit einem Kaffee in den Händen auf meiner Couch. Schluck für Schluck lasse ich den gestrigen Tag Revue passieren. Lauter herzerwärmende Momente, tiefgründige Gespräche und bewegende Erkenntnisse. Ein verstohlenes Lächeln breitet sich auf meinen Lippen aus. Und plötzlich merke ich, wie unbeschwert ich mit meinen Freundinnen gegessen hatte. Tobys Lasagne war die erste richtige Mahlzeit nach Tagen und dennoch konnte ich sie problemlos bei mir behalten und sogar genießen. Ob ich es nun mit einem reichhaltigen Frühstück versuchen sollte?

Ohne länger darüber nachzudenken, stehe ich auf, marschiere in die Küche und bereite mir einen ganzen Teller leckerstes Rührei mit etwas Brot und Tomaten zu. Wenige Minuten später sitze ich an meinem Esstisch und führe eine Gabel nach der anderen zu meinem Mund, obwohl ich es noch immer nicht richtig glauben kann. Bin aber plötzlich unglaublich froh, mir den heutigen Tag noch freigenommen zu haben und nicht in die Bibliothek zu müssen. Angesichts dessen, dass sowieso ganz Melbane weiß, was geschehen ist, wird mir niemand diesen freien Tag verübeln. Und so kann ich mich heute einfach nur vollends entspannen. Gedanken sortieren, Gefühle filtern und Erlebnisse verarbeiten.

Doch als hätte sich mein Schicksal total gegen mich verschworen, klingelt es in der nächsten Sekunde an meiner Wohnungstür. Mein Körper verkrampft sich noch in derselben Sekunde und ich stehe leicht genervt auf. Den Weg zur Tür habe ich schnell hinter mich gebracht, doch als ich zur Sicherheit einen Blick durch den Türspion werfe, verfliegt meine Bereitschaft, die Tür zu öffnen, augenblicklich. Denn wer dahinter steht, hat es nicht verdient, hier zu sein. *Er* hat es nicht verdient, hierherzukommen. Instinktiv drehe ich mich um und lehne mich mit dem Rücken so leise gegen die Tür, dass er es nicht hören sollte.

Ein erneutes Klingeln durchdringt die Stille, dann ein leises Klopfen direkt neben meinem Ohr.

Ich bleibe ganz still, traue mich kaum, zu atmen.

„Nora, ich weiß, dass du hier bist!", höre ich nach einer Weile seine Stimme, ebenfalls ganz dicht an meinem Ohr. Ich zucke zusammen. Schließe meine Augen, um vielleicht so vor dem Moment flüchten zu können. Um die Wahrheit nicht wahr sein zu lassen.

Merke dann aber nach einem erneuten Klopfen, dass Lewis nicht aufgeben wird. Er will mit mir sprechen.

„Was willst du hier?", sage ich gerade so laut, dass er es hört, aber meine Nachbarn nicht auf uns aufmerksam werden. Nach einer kleinen Pause erwidert er mit tiefer, aber doch unsicherer Stimme: „Mich verabschieden!"

Ich öffne meine Augen. Kann nicht glauben, was er da gerade gesagt hat. Kann mich nicht entscheiden, wie ich das finden soll. Soll ich mich darüber freuen, weil Brandon dann ganz sicher nicht mehr kommen wird? Oder soll ich wütend sein, weil er die ganze Sache nicht wieder geradegebogen hat?

Na toll. All die Gedanken, die ich gestern zur Seite geschoben habe, um mich auf Wichtigeres konzentrieren zu können, schlagen nun erneut mit voller Wucht zu. Geben mir keine Chance, ihn einfach abzuwimmeln, weil ich mich dann erneut in einem tiefen Loch verlieren würde. Mir wird klar, dass ich die ganze Sache – die vielen Vergewaltigungen und den so schmerzvollen Betrug – *jetzt* klären muss. Sonst werde ich nie richtig damit abschließen können.

Ruckartig drehe ich mich um und öffne die Wohnungstür. Lewis stand wohl ganz nahe an der Tür und stolpert nun vor Schreck einige Schritte in den Gang zurück. Seine blondbraunen Haare fallen ihm ungepflegt in die Stirn, seine Schultern erschlaffen und seine Arme hängen lustlos neben seinem Körper. Er sieht unglaublich müde aus, scheint in der Nacht kein Auge zugedrückt zu haben.

„Hey!", murmelt er.

„Guten Morgen! Ausgeschlafen?", versuche ich es mit einem auflockernden Witz, aber an der Anspannung, die zwischen unseren beiden Körpern herrscht, lässt sich so einfach nichts ändern.

„Nicht wirklich", erwidert Lewis zähneknirschend, „ich musste die ganze Nacht an meine Großmutter denken. Und an dich!"

Ich mache große Augen und nicke ganz langsam. Denke gar nicht daran, ihn hereinzubitten. Er hat in meiner Wohnung nichts mehr zu suchen.

„Sie sagte mir ständig, dass ich dir die Wahrheit sagen sollte. Dass du es nicht mehr lange aushalten würdest. Doch ich konnte Brandons Lust nicht stoppen. Erst mit ihrem Tod hat sich in mir etwas verändert!"

Ich will seine Entschuldigungen nicht hören und sauge doch jeden einzelnen Ton seiner wunderschönen Stimme in mir auf. Ich will ihn nicht ansehen und bin doch fasziniert von seiner Umwandlung. Ich will ihn von mir fernhalten und bin doch froh, dass er hier ist, um mir die Gelegenheit zu geben, damit abzuschließen.

„Wollen wir ein paar Schritte gehen?", frage ich plötzlich und blicke nach draußen.

Lewis wirkt überrascht, nickt dann aber.

„Gib mir fünf Minuten!"

Schnell drehe ich mich um, verschwinde in mein Schlafzimmer und ziehe mir eine Jeans und ein weißes T-Shirt über. Gehe dann wieder in den Flur, schlüpfe in meine weißen Sneakers und werfe mir meine graue Sommerjacke über die rechte Schulter.

„So, wir können!", sage ich und schaue Lewis erwartungsvoll an. Doch sein Blick bleibt an meinen Armen hängen. Während er die farbigen Flecken an meinen Handgelenken und die Blutergüsse an meinen Oberarmen mustert, werden seine Augen ganz wässrig. Ruckartig schlüpfe ich in meine Jacke, ohne sein Gesicht aus den Augen zu lassen. Doch er richtet seinen Blick noch immer auf meine Arme. Als ob er sich nicht trauen würde, mir ins Gesicht zu sehen. Als ob die Taten von Brandon dann erst richtig wahr werden würden.

Im nächsten Augenblick löst sich eine erste Träne aus seinem Auge und er sagt kaum hörbar: „Das tut mir so leid!"

Ich weiß nicht so recht, was ich darauf erwidern soll. Würde ihn am liebsten in den Arm nehmen und ihn trösten – wie ein kleines Kind. Wenn da nicht auch noch Brandon in seinem Körper wäre. Wenn er mir nebst seiner liebevollen und besorgten Art nicht auch noch seine brutale und rücksichtslose Seite gezeigt hätte. Ich muss raus hier.

Ohne etwas zu sagen, stürme ich an ihm vorbei und verlasse das Gebäude. Hoffe instinktiv, dass er mir folgen wird. So schaue ich auf dem Weg in Richtung des kleinen Parks von Melbane immer wieder hinter mich und bin froh, ihn nach etwa dreißig Metern endlich hinter mir zu sehen. Die Hände in den Hosentaschen vergraben, den Kopf gesenkt.

Als ich in einer ruhigen, verlassenen Ecke des Parks angekommen bin, setze ich mich auf eine Holzbank und warte, bis auch er angekommen ist. Doch wie erwartet wollen mir auch dann nicht die richtigen Worte in den Sinn kommen. Ich bin einfach froh, draußen zu sein, wo mir die Decke nicht auf den Kopf fällt.

So beobachte ich ruhig, wie sich Lewis langsam neben mich setzt und seine beiden Hände auf seinen Oberschenkeln platziert. Dann genieße ich die Stille zwischen uns, die nur vom fröhlichen Zwitschern/Gezwitscher der Vögel unterbrochen wird. So lange, bis sich Lewis endlich traut, den Anfang zu machen.

„Ich bin froh, dass du mir eine letzte Chance gibst! Mit dir heute hier zu sein, bedeutet mir sehr viel. Auch wenn ich es gerne unter anderen Umständen getan hätte. Unter liebevolleren Umständen. Nicht weil ich gehe."

Ich stutze. „Wohin gehst du denn?", frage ich voller Neugier – obwohl es mir eigentlich egal sein sollte.

Aber es ist mir nicht egal.

„Weiß ich noch nicht. Irgendwohin, wo ich mich endgültig von Brandon verabschieden kann!", antwortet er ganz ehrlich.

„Oh!", entfährt es mir überrascht und ich sehe, wie er seinen Blick beschämend gegen den Boden richtet.

„Ja, das wollte ich bereits seit Längerem tun, aber immer wenn ich kurz davor war, haben mich die Gedanken an meine Mutter wieder eingeholt", höre ich seine nüchterne Stimme.

„Das tut mir leid!", sage ich. Und meine es auch so. Doch dies scheint bei ihm nicht wirklich anzukommen. So fasse ich mir ein Herz, umschließe seine Hand mit meinen Fingern und sage nochmals: „Wirklich, das tut mir leid!"

Lewis blickt auf. Seine Hand beginnt zu zittern.

Dann löst er die Berührung unserer Finger und schließt mich in der nächsten Sekunde in seine Arme.

Einfach so.

Ohne etwas zu sagen.

Kapitel 25

Mein Kopf ruht auf seiner starken Schulter, meine Hände an seinem breiten Rücken. Ich lasse es einfach zu. Spüre, wie viele Gefühle zwischen uns sind. Wie viele Gefühle identisch sind und nun miteinander verschmelzen, als hätten sie seit Wochen darauf gewartet. Wir nehmen uns gegenseitig alle Ängste. Geben uns gegenseitig grenzenloses Verständnis. Vergessen für einige Sekunden all die negativen Erlebnisse und erinnern uns an all die schönen Erlebnisse. Gut und Böse. Segen und Fluch. Alles in einem. Um uns herum. In uns drin.

Bis er sich wieder von mir löst. Bis er die Verbindung unserer Körper trennt und das Feuer der Gefühle zwischen uns erlischt. Wortlos schauen wir uns in die Augen. Verarbeiten beide, was gerade passiert ist.

„Ich habe noch etwas für dich!", sagt Lewis dann auf einmal und greift in seine Hosentasche. Einen Moment später liegt ein Schlüssel in meiner Hand.

„Wofür ist der?", frage ich erstaunt.

„Für deine Wohnung", erwidert er, schaut mir dabei allerdings nicht in die Augen. „Ein ehemaliger Freund hat ihn mir gemacht. Aber keine Sorge, Caleb steckt mittlerweile hinter Gittern."

Ich schlucke zweimal schwer. So war er also immer unbemerkt in meine Wohnung gelangt.

„Glaub mir, Brandon wird nie mehr kommen!", spricht er mit klarer Stimme.

„Das … das ist gut …", sage ich. Die Sicherheit, die er mir mit der vorherigen Umarmung gegeben hat, ist plötzlich verflogen.

„Ich weiß, es braucht viel mehr als das", beginnt Lewis. „Aber auch für mich ist es schwierig, dir mehr zu geben. Ich weiß, du wirst ihn und seine Taten nie vergessen können. Aber das kann leider selbst *ich* nicht verhindern. Was Brandon, also, was *ich* getan habe, lässt sich nicht mehr rückgängig machen. Deshalb bleibt mir nichts anderes übrig, als dir einfach die Zeit und den Raum zu geben, um …", er kann nicht weitersprechen. Seine Stimme versagt ihm den Dienst.

„Um dich zu vergessen", vervollständige ich also den Satz.

Er nickt bloß.

Ich sehe, wie schwer ihm die Unterhaltung fällt, aber ich weiß, dass es das Richtige ist. Lewis in der Stadt ständig zu sehen, würde es mir unmöglich machen, Brandon zu vergessen. Umso froher bin ich, dass ihm dies ebenfalls klar ist.

„Vielleicht können wir uns irgendwann wiedersehen?", fragt er leise. Er scheint seine Stimme wiedergefunden zu haben.

„Ja, vielleicht."

„Vielleicht ist besser als ein Nein!"

Ich stimme ihm zu. Traue mich nicht, mehr zu sagen. Weiß, dass nun der Moment gekommen ist, wo er geht. Der Moment, wo Brandon mein Leben definitiv verlässt. Wo er mir definitiv „Lebe wohl!" sagt.

„Meine Großmutter wäre stolz auf uns!", sagt er, während er aufsteht und nach meiner rechten Hand greift. Auch ich richte mich auf, strecke meine Beine und richte meine Jacke, bevor ich sage: „Gewiss!"

„Mach's gut, Nora!"

Er drückt meine Hand ein letztes Mal. Blickt mir dabei tief in die Augen. Dann dreht er sich um, lässt mich los und geht davon.

„Mach's gut!", flüstere ich.

Und plötzlich stehe ich alleine da in dieser ruhigen Ecke im Park. Überlege, was ich nun tun soll. Lasse meine Gedanken zu all meinen Herzensmenschen gleiten und bleibe sofort bei meinen Eltern hängen. Ich muss ihnen alles erzählen!

So begebe ich mich schnell auf den Weg zum Friedhof. Steuere da direkt auf ihr Grab zu und setze mich wie immer auf die Steinplatten davor. Begutachte die farbigen Blumen, die ihre Köpfe der Sonne entgegenrecken, und richte die zwei kleinen Marmor-Engelchen, sodass sie nicht mehr im Schatten der Blumen, sondern ebenfalls in der Sonne liegen.

Dann lasse ich meinen Gedanken und Gefühlen freien Lauf. Spreche mir alles von der Seele. Erzähle meinen Eltern alles, was ich die letzten Wochen erlebt und gedacht habe. Lasse sie an meiner Geschichte teilhaben, wie wenn sie vor mir stehen würden. Als wären wir drei für den Moment die einzigen Menschen auf der Erde. Dabei genieße ich jede einzelne Sekunde. Durchlebe mit ihnen zusammen jede einzelne Erfahrung nochmals und verarbeite sie so. Und auch wenn ich währenddessen zwei, drei Mal weine, bin ich glücklich, es tun zu können. Die letzten Wochen haben mich zu dem Menschen gemacht, der ich heute bin. Sie haben mich geformt, meine Ecken und Kanten definiert und an jedem einzelnen noch so kleinen Detail stundenlang gefeilt. Es waren die schrecklichsten Wochen meines Lebens, aber ich habe so viel daraus gelernt wie noch zu keiner Zeit.

Ich habe gelernt, anderen Menschen zu vertrauen, auch wenn sie dir nicht immer die ganze Wahrheit sagen.

Ich habe gelernt, einigen Personen im Leben eine zweite, dritte und ja, sogar eine vierte und fünfte Chance zu geben, weil es sich am Ende des Tages vielleicht doch lohnt.

Ich habe gelernt, durch meinen eigenen Körper an Stärke zu gewinnen. Auch wenn ich geglaubt habe, ihn verloren zu haben, hatte ich ihn doch immer bei mir und habe mich ihn spüren lassen.

Das und so viel mehr habe ich mir beigebracht. Bin daran gewachsen, auch wenn ich geglaubt hatte, daran zu zerbrechen. Bin stark geworden, obwohl ich geglaubt hatte, mein Körper besitze keine Muskeln mehr.

Ich bin zu einem neuen alten Ich geworden. Ein Ich, das so viel verloren hat, aber heute dennoch reicher ist.

Ich verstumme. Bin am Ende der Geschichte angekommen und verspüre nun den Drang, auch noch nach Kaitlin zu schauen. Sie zu fragen, ob es ihr gut geht. Doch ich werde von meinen beiden Freundinnen unterbrochen, die in dieser Sekunde auf den Friedhof gelaufen kommen.

„Wir haben uns schon gedacht, dich hier zu finden. Warst nicht zu Hause", ruft Olivia bereits von Weitem.

Ich lächle, die beiden kennen mich einfach zu gut.

„Wir haben dir etwas mitgebracht", vernehme ich von Ella, als die beiden vor mir stehen und einen weißen Umschlag in meine Hände drücken. Noch immer sprachlos vor Staunen, nehme ich diesen entgegen und öffne ihn gebannt.

„Der Brief an meine Eltern!", muss ich nicht lange überlegen und spüre, wie mir bei dem Gedanken an den Inhalt des Briefes wohlig warm ums Herz wird. Ich hatte ihn damals im Café liegen gelassen und hatte mich schon gefragt, wo der wohl war. Wie immer hatten Olivia und Ella an alles gedacht, ihn mitgenommen und sicher aufbewahrt. Ich schließe meine beiden Freundinnen in meine Arme. „Ihr seid einfach zwei riesige Schätze!"

„Stets zu deinen Diensten!", antworten sie grinsend.

Auch ich muss lachen und löse mich wieder von ihnen.

„Meine Eltern sind sehr stolz auf uns. Seit ihrem Tod sind wir drei noch näher zusammengewachsen. Sie lassen ausrichten, dass ihr ruhig weiter so gut auf mich aufpassen dürft!", schmunzle ich.

„Solange wir auf deine Gegenleistung zählen dürfen …", stichelt Olivia und erntet sofort ein Nicken von mir, woraufhin Ella noch breiter lächelt als sonst.

„Sehen wir uns nachher im *Toby's*? Wir gehen schon mal vor. Haben beide noch eine Stunde Pause und müssen dann wieder arbeiten", sagt sie dann.

Wieder nicke ich zustimmend und sage den beiden, dass ich vorher aber noch kurz zu Kaitlins Grab gehen möchte. Und genau wie vor zwei Tagen verlassen sie den Friedhof mit einem aufmunternden Lächeln und lassen mich Abschied nehmen. Voller Dankbarkeit gehe ich zu Kaitlins Grab und lasse meinen Gedanken erneut freien Lauf.

Um meine Eltern habe ich zwei Jahre getrauert, um Kaitlin nur drei Tage. Aber das ist gut so. Denn ich habe dadurch gelernt, mit dem Tod umzugehen. Konnte damit abschließen. So verbiete ich mir die aufkommenden Tränen und blicke einfach auf das Grab. Betrachte auch hier die Blumen, die sich im leichten Sommerwind wiegen, und fahre mit meinen Fingern langsam die Inschrift des Grabsteins nach. Ich spüre sie. Kaitlin ist bei mir. Versichert mir, dass es okay ist, definitiv loszulassen. Dass es okay ist, nicht jeden Tag an sie zu denken. Der Platz in meinem Herzen reicht ihr. Ich hatte ohnehin nicht vor, ihn an jemand anderen zu verschenken.

Und so komme ich innerlich an. Bin da, wo ich sein will. Inmitten meines glücklichen Lebens. Mit meinen zwei wunderbaren Freundinnen und der zauberhaften Bibliothek.

Doch in dem Moment, wo ich gehen will, sehe ich unter den großen Blüten der Blumen versteckt eine kleine Kartonbox. Gleichzeitig durchströmt ein wohliges Kribbeln meinen Körper. Wer diese wohl hier deponiert hat?

Ohne zu zögern, schnappe ich sie mir und öffne sie vorsichtig. Einen Atemzug später halte ich eine Arnikasalbe in meinen Händen, woran ein kleines Zettelchen befestigt ist. Darauf stehen die handgeschriebenen Worte:

Nach mir ist vor mir.

Vielleicht bis irgendwann, Kätzchen!
Dann aber nur noch im Guten!

Dein Lewis Kicket

HERZ FÜR AUTOREN A HEART FOR AUTHORS À L'ÉCOUTE DES AUTEURS MIA KAPΔIA ΓIA ΣYΓΓ
TTA FÖR FÖRFATTARE UN CORAZÓN POR LOS AUTORES YAZARLARIMIZA GÖNÜL VERELIM SZ
PER AUTORI ET HJERTE FOR FORFATTERE EEN HART VOOR SCHRIJVERS TEMOS OS AUT
ZÖINKÉRT SERCE DLA AUTORÓW EIN HERZ FÜR AUTOREN A HEART FOR AUTHORS À L'ÉCOU
AO ВСЕЙ ДУШОЙ К АВТОРАМ ETT HJÄRTA FÖR FÖRFATTARE À LA ESCUCHA DE LOS AUTC
MIA KAPΔIA ΓIA ΣYΓΓPAΦEIΣ UN CUORE PER AUTORI ET HJERTE FOR FORFATTERE EEN
ARIMLZA GÖNÜL VERE ZÖINKÉRT SERCE DLA AUTORÓW EIN HERZ FÜ
SCHRIJ OS A AO ВСЕЙ ДУШОЙ К АВТОРАМ ETT HJÄRTA FÖ

Die Autorin

Nadja Suter wurde 2001 im Kanton Aargau in
der Schweiz geboren. Als Ausgleich zu ihrem
kaufmännischen Job, treibt sie gerne Sport, liest
und verbringt Zeit mit Freunden und Familie.
Auch die Arbeit am eigenen Haus ist ihr sehr
wichtig. Das Schreiben hat die junge, inzwischen
verheiratete Autorin von jeher fasziniert. Ihr
Anliegen ist es, ihre Leserinnen und Leser immer
wieder aufs Neue mit tiefgehenden, ihr selbst
noch unbekannten Thematiken zu inspirieren.
Der Roman „Nach Dir ist vor Dir" ist nach dem
Jugendbuch „Blind Life" – einer bewegenden
Liebesgeschichte, die noch unter ihrem
Mädchennamen Nadja Walti veröffentlicht wurde –
ihre zweite Publikation.

novum ❦ VERLAG FÜR NEUAUTOREN

Der Verlag

> *Wer aufhört*
> *besser zu werden,*
> *hat aufgehört*
> *gut zu sein!*

Basierend auf diesem Motto ist es dem novum Verlag ein Anliegen neue Manuskripte aufzuspüren, zu veröffentlichen und deren Autoren langfristig zu fördern. Mittlerweile gilt der 1997 gegründete und mehrfach prämierte Verlag als Spezialist für Neuautoren in Deutschland, Österreich und der Schweiz.

Für jedes neue Manuskript wird innerhalb weniger Wochen eine kostenfreie, unverbindliche Lektorats-Prüfung erstellt.

Weitere Informationen zum Verlag und seinen Büchern finden Sie im Internet unter:

www.novumverlag.com